小学館文庫

城下町奉行日記

熊本城の罠

井川香四郎

小学館

目次

城下町奉行日記　熊本城の罠

第一話　江戸城再建

一

江戸城の天守台から、〝天守閣〟がなくなって七十年以上が過ぎる。

本来は、その天守台の上に、五重五層で唐破風《からはふ》や千鳥破風が施された天守があった。壁は白漆喰総塗籠《しろしっくいそうぬりごめ》で、屋根瓦も真っ白な鉛瓦だったとのことだ。姫路城を遥《はる》かに超える巨大な天守だった。

それが、俗に〝振袖火事〟と呼ばれる大火によって焼失したのだ。明暦三年（一六五七）のことだった。火事は二昼夜に及んで、江戸の大半を焼き、大名屋敷五百軒、旗本屋敷八百軒、町屋四百数十軒が焼失、死者は十万人とも言われている。

ここ江戸城も、天守をはじめ本丸、二の丸、三の丸が焼け落ち、かろうじて罹災《りさい》を免れたのは西の丸だけという悲惨な状況だった。

このとき、〝復興大臣〟のような役目をしたのが、徳川家康《とくがわいえやす》の孫に当たる保科正之《ほしなまさゆき》であった。幕閣ではないが、老中・若年寄らに大きな影響を与えていた、後の初代会津藩主である。保科正之は、幕閣たちが将軍の前で狼狽《ろうばい》するのを横目に、自ら陣頭指揮を執って、幕府最大の危機を乗り越えたのだ。

大火事の騒ぎが治まると、多くの幕府重職や旗本が天守再建を訴え始めた。だが、保科正之は断固として反対した。

「この平和な時代にあって、戦国の象徴である天守は無用の長物。まずは本丸など政事の中枢を立て直し、同時に江戸町人の暮らしを再建することこそが一大事」

そう決断し、莫大《ばくだい》な資金をかけて、江戸の町の復旧と復興に尽力した。火事のあった当日から、江戸の数ヶ所で、一日に千俵の炊き出しを半月にわたって行った。焼け出された町民には救済金として、合計十六万両も支給した。幕閣の間からは、

「さような大盤振る舞いは、必ずしも民のためにならぬ。江戸城の御金蔵《おかねぐら》が空になってしまっては、まともな政事が取り戻せぬ」

と批判の的になった。しかし、保科正之は毅然とした態度で、

「幕府が御金蔵に金を貯《た》めているのは、かような大災害が起きた時にこそ、民百姓の

ために使うゆえでござる。今、使わずして、いつ使うのですか」

と、これまた恫喝《どうかつ》するように幕閣を説得し、被災者救援に徹したのだ。

その御金蔵のひとつは、天守台の下にある。いわば、江戸の多くの人々を救ったがために、天守は建てられないままなのだ。

今、天守台の上で――。

握り飯を頬張りながら、江戸の町を眺めている、ひとりの裃《かみしも》姿の若侍がいた。保科正之の英断に思いを馳《は》せている……わけではないが、本当に江戸城は広い。その外に広がる武家屋敷や町屋などは見果てぬほど広大だ。

――江戸とは改めて、巨大な城下町なのだなあ。

と感慨に耽《ふけ》っていた。

この一色駿之介《いっしきしゅんのすけ》という若侍は、いわゆる旗本寄合席のひとりである。早い話が、三千石以上の上級旗本でありながら、無役の者の集まりで、若年寄支配にあった。

無役というのは気楽なようではあるが、後ろ指さされる思いもある。ましてや先祖が留守居や奉行などとして活躍をしている家系ならば尚更《なおさら》、当主は肩身が狭いのだ。

しかし、この一色駿之介に限っては、さほど苦痛には感じていなかった。

旗本としての行動は制限されるものの、大層な俸禄《ほうろく》を貰《もら》いながら、晴耕雨読の暮らしができるのだから、こんな贅沢《ぜいたく》はない。たしかに、〝いざ鎌倉〟の時には、石高に応じた兵を拠出して、自らも駆けつけねばならぬが、この泰平の世の中、どこに戦があろうか。

ただ、駿之介は城を見るのが大好きで、特別な外泊許可を得ては、関東周辺の城を〝巡見〟と称して見廻《みまわ》っていた。

水戸城、笠間《かさま》城、館林《たてばやし》城、前橋城、佐倉城、川越城、忍《おし》城、小田原城などに行脚していた。他にも遺構程度しか残っていない戦国の砦《とりで》にも足を運んだが、やはり駿之介は、

——天守があってこその城だ。

と感じており、どの城を見物しても胸弾ませていた。それゆえ、江戸城に天守があれば、如何《いか》に素晴らしいか、江戸町人も偉大な城下町に住んでいると実感するのではないかという思いを胸に抱いていた。

寄合旗本たちは月に一度、江戸城に登城して大広間に集まり、近況や世間話、そして順番に将軍に謁見してご機嫌伺いなどを行っていた。

その際に、駿之介は留守居という いわば警備局長に許しを得て、伊賀者《いがもの》が衛《まも》る天守台に登らせて貰った。そこからの眺めをおかずにして、握り飯を食うというささやか

な喜びを満喫するのだ。

今日も天気が良く、城の内外、見渡す限りの江戸城情景を楽しんでいた。

江戸城内には、本丸御殿を中心に、西の丸、二の丸、三の丸などに五つの大きな御殿があり、櫓《やぐら》はちょっとした城の天守ほどの大きさである。本丸御殿は江戸幕府の政庁であるとともに、将軍の居所である。西の丸は将軍を退いて隠居した大御所や、世《せい》嗣《し》などが暮らしていた。いずれも狩野《かのう》派など優れた絵師による襖絵《ふすまえ》や天井板絵が施された贅沢な場所だが、もちろん、駿之介は見たことがない。

本丸御殿の総建坪は一万一千坪ほどあり、武家造りとも言える白木の書院造りである。表が約三千八百坪、中奥が約千三百坪、そして大奥はなんと六千坪余りもあった。

表御殿は、将軍への謁見などの公の儀式を行う広間、役人の支度部屋や詰所、執務室などの座敷部屋が何百にも分かれていた。遠侍《とおざむらい》、広間、書院の三つの区画に分かれており、中でも、最も重要なのは、四百畳余りあった大広間である。この大広間の南側に、能舞台があり、〝町入能《まちいりのう》〟もここで執り行われた。

将軍が起居し、政務を執る中奥は、いわば公邸であるが、必要に応じて、幕閣などが出入りすることができた。だが、中奥の北側から天守台まである広大な大奥には、将軍しか入ることができなかった。中奥とは銅塀で厳重に仕切られており、大奥とは御錠口《おじょうぐち》と御鈴廊下《おすずろうか》のみによって繋《つな》がれていた。

それぞれの御広敷《おひろしき》には、伊賀同心などの警固の役人が詰めており、また緊急に備えて、老中や若年寄が控えていることもあった。仮に、五千騎と呼ばれる旗本たちが一挙に集まって、籠城戦になったとしても、有り余る広さであった。

だが、江戸城とは本丸御殿を取り囲む、三十万坪ほどの内濠《うちぼり》内だけではない。外濠も含めると、百五十万坪もあるのだ。

実は、御成門《おなりもん》、虎ノ門、溜池《ためいけ》、赤坂、四谷、市ヶ谷、牛込《うしごめ》、小石川、水道橋、万世橋、浅草橋、新大橋、永代橋などの変則的な渦巻き状の濠に囲まれた広大な地域すべてが、〝江戸城内〟だったのである。現代の都心部ほとんどが城内であり、それがそのまま巨大な城下町を構成していたのだ。

「だからこそ、天守が必要なのではないか」

折に触れて、駿之介は旗本の集まりなどでも話していたが、

「天守は飾り物で、一生に一度も天守に登ったこともない殿様もいるとのことだ。飾り物どころか、物置になっておる天守もある」

と再建については、まったく賛同を得ることができなかった。そのたびに、駿之介は溜息《ためいき》をついていた。

「――ああ……ここに天守があれば、天下国家の隅々までが眺められる望楼となると思うのだがなあ……」

　事実、本丸御殿やあちこちにある櫓よりも、この天守台の方が高い所にある。そこに五層の天守が建てば、とてつもなく高くて大きな建物となる。その偉容を思い描くだけで、駿之介は心が沸き立つのであった。

　その夢を破るかのように、警備の伊賀者が声をかけてきた。

「そろそろ、下城の刻限ではありませぬか、一色様」

「あ、もうそんなに経《た》ったか……」

　帰りは、最寄りの北桔橋門《きたはねばしもん》から出て行くことになっていた。城門では、出入りの鑑札も必要で、登城の際も下城の際も決まった通り道があった。門に向かっていると、その手前で、

「駿之介殿。本丸御殿にお戻り下され」

　と声がかかった。

　振り返ると、穏やかな風貌だが風格のある、いかにも有能な官吏然とした侍が立っていた。大岡越前守忠相《おおおかえちぜんのかみただすけ》である。

「これはこれは、大岡様も天守台で見物ですか」

と冗談で返事を返した。

駿之介からすれば父親ほどの年上である。だが、拝領屋敷が隣り合っており、父親の駿慶《しゅんけい》とも昵懇《じっこん》であったことから、駿之介の元服前から顔馴染《なじ》みであった。

「いや、それが、上様がお呼びだ」

「う、上様が……」

「さよう」

「——せ、拙者をですか……」

重い不安が、駿之介の脳裏を過《よ》ぎった。

そういえば、若年寄や旗本寄合席の肝煎《きもいり》から、何度か勧告されていた。旗本たるもの、いざというときのため、江戸に常駐しているのが当然。にも拘《かか》わらず、あれこれ理由をつけて、関東の諸国に廻って城見物をしているとは、言語道断だというのだ。

旗本寄合はおよそ百八十家あるが、何かあれば五千の旗本を指揮する立場にある。物見遊山のために江戸を留守にするとは、旗本の風上にも置けない。下手をすると御家断絶にだってなりかねぬぞと、古株のお歴々に脅されたばかりである。

「あちゃ……困った……」

駿之介が落ち込んだ顔になると、大岡は穏やかな顔で、

「悪い報せ《しら》ではないと思うぞ。私も中味までは知らぬが、とにかく、そこもとに会いたいとのことだ」

「会いたいって……私の顔なんぞ、知りもしないと思いますが」

「顔はどうか分からぬが、名は承知しておられるようだ。あちこち城巡りをしている奇特な旗本だとな」

「はあ。ますますもって……」

どんよりと曇った顔になった駿之介は、まるで大岡に捕縛でもされたかのように、背中を丸めてついていくのだった。

伊賀者が小さな声で、「ご愁傷様」と呟《つぶや》いた気がした。

それほど、駿之介は打ちひしがれていた。

二

松の廊下からは、天守と見紛うような立派な櫓が幾つか見渡せる。

長屋造りの多聞で繋がれており、それぞれの櫓には武具が備えられているはずだ。たしか、各門に鉄砲十挺《ちょう》、弓十張を置いて、昼夜、旗本が警備している。せめて、それら櫓や門の警備役にでもして貰いたい。さすれば、江戸城内で働く自覚が芽生えるだろう。

そんなことを思いながら、大岡についていくと、通されたのは表の御殿ではなく、中奥の御座の間であった。

三段構えの座敷の向こうには、すでに八代将軍・徳川吉宗《よしむね》が、跪《ひざまず》いた小姓を横にして鎮座している。身分の高い者が、下の者より先にいるなどということはまずない。

――よほどのことだ……。

駿之介に異常なほどの緊張が走り、屁《へ》が洩《も》れそうになった。

「も、申し訳ありませんでした」

思わず先に謝った。屁を洩らしたからではない、御家断絶のことが頭を過ぎったからだ。もし御家断絶になったとしたら、将軍よりも母親の方が怖かった。

関ヶ原以前、三河以来の徳川家譜代としての一色家を、内助の功で守ってきたという意識が強い母親は、もし息子の不祥事で御家が断絶になるようなことがあれば、とんでもないことをするであろう。

――おまえを殺して、私も死ぬ。

と常日頃から言っているような猛女だ。そっちが爆発することの方を、駿之介は憂えていたのである。

　両手をついて平伏している駿之介に向かって、

「面を上げい」

と吉宗が言った。よく通る声だった。

　それでも、平伏したままでいると、大岡が声をかけた。

「駿之介殿。畏《おそ》れ入るのは分かるが、ここには私もいる。さあ、顔を上げなされ」

　優しいその声に、駿之介は言われるままにした。

　吉宗は身長が六尺を超えており、偉丈夫な方の駿之介よりも一回り大きい。しかも、天下の将軍であるから、駿之介は萎縮してしまい、ますます大柄に見えた。

「もそっと、近く寄るがよい」

「はあ……」

　前に進む仕草だけをして、駿之介はその場から動かなかった。これが、将軍に対する家臣の態度としての常識なのだ。だが、吉宗は本当に近づけと命じたので、駿之介は一段上の座敷に進んだ。

「そこもとの父上は、江戸城留守居を務めたほどの名士であった」

「恐れ多いお言葉……」

「おぬしにも、それに相応《ふさわ》しい役目を……と思っておったところだ。が……」

が……と言って間合いができたとき、駿之介は喉に固いものが詰まったように感じた。

「その前に、聞いてみたいことがある」

「は、はい。なんなりと……」

「城のことだ」

「あ、はい……城のこと、ですか……」

「公儀から許しを得ては、あちこちの城に出向いているそうだが、それについて聞きたいことが、幾つかある」

「は、はは、はい……」

膝が震えてきた。同時に痺《しび》れてきた。駿之介は緊張のまま聞いていた。

「一色駿之介……おぬしが見た関東の城の中で、最も良い城は、何処《どこ》だと思う」

「良い城……」

駿之介は首を傾《かし》げながら少し考えてから、

「ええ……良い城とおっしゃいましても、その……なんというか、それをはかる物差しは色々とあると思いますが」

「おまえの感想や考えでよい」

吉宗は明瞭な声で言った。さっさと話さないともっと悪い評価になるかと思い、駿之介は訥々《とつとつ》と話し始めた。

「はい……ええ、それぞれに一長一短があるので、何処が良い悪いの評価はあえて申し上げません……どうしても言えと命じられれば、お話ししますが、私は城の風景というか、外面ではあまり良し悪《よあ》しは考えません」

「では、おぬしの物差しとはなんじゃ」

「偉そうに聞こえるかもしれませんが……城の造り方ではかります……当たり前のことですが、城は殿様の居城であると同時に、万が一、籠城したときの備えに優れていないと意味がありませぬ」

「であろう」

「城の中に数々の仕掛けを付けるのは結構ですが、その前に最も大切なのは、実戦のための縄張り……城の敷地の形だと思います」

「その形とは」

「真四角です。江戸城の場合は、内郭も外郭もやや変則で、渦巻きのようになっておりますが、これは攻撃された場合に一見、目眩《めくら》ましにはなりますが、敵勢が乗り込んできた場合には、味方同士の相打ちになり易《やす》い形状とも言えます。ですから、できれば方形であって、そのど真ん中に天守があるのが、望ましいと思います……たとえば、藤堂高虎《とうどうたかとら》が建てた四国の伊予今治《いよいまばり》城とか」

「おぬしは、今治に行ったことがあるのか」

「母方の実家が今治にありますので、幼き頃に……」

駿之介はそう説明をしてから、

「もっとも今治城の場合は海を外濠の代わりにしており、来島《くるしま》水軍などを抱えていたから成立したのですが、それを補うためには高い石垣が必要です……同じ四国の讃岐《さぬき》丸亀城や伊賀上野城、大坂城のように」

「藤堂高虎は、高い石垣の上に多聞櫓を築くのが得意だったな」

「はい。しかも、二重三重にしておりますので、平城であっても山城と変わらぬほど堅牢《けんろう》で、押し寄せてくる敵軍に対する戦略や戦術も、様々なやり方ができます」

しだいに駿之介の舌は、なめらかになってきた。

「天守には、入母屋《いりもや》屋根の上に望楼を積むものと、下層から上層までの各階を均一に縮小していくものがありますが、私は後者が実戦向きだと思います」

今で言えば、望楼型天守と層塔型天守の違いである。見た目は望楼型の方が美しく感じるが、層塔型の機能の方が優れていると駿之介は伝えた。理由はやはり構造が単純であり、兵が迷いなく動きやすいということだ。

その上、いわば素朴な形に見えるがゆえに、罠《わな》も仕掛けやすい。逆に、攻め入ってきた敵に対しては長い壁一面から、弓や鉄砲で総攻撃をかけやすく、戦況を有利に運べるのだ。

「もっとも、攻撃や防御は両方が一緒に機能しなければ意味がありません。そういう意味においては、肥後《ひご》熊本城などは複雑な形状を利用しながら、本丸も不思議な歪《ゆが》んだ造りとなっており、仕掛けも六十数ヶ所に及ぶとも言われており、絶対に落城せぬほど堅牢です」

「知っておるのか」

「いえ、熊本藩の者に聞いた話であって、もちろん行ったことなどありません……ですが、この江戸城は、何処の城よりも堅牢だと思います。なぜなら、江戸という〝城下町〟がかくも広いからです」

「広さは有利か」

「もちろんでございます。上様がお暮らしになっていた和歌山城もそうかと存じます。あの長塀は敵の攻撃意欲を削《そ》ぎますが、それよりも、城下町の広さによって、実は城自体が防御されているからです」

「なるほど、城下町が城壁代わりとなっているというわけか」

「城壁代わりではなく、城壁です。江戸の場合だと、我ら旗本屋敷が全方位を固めておりますればこそ、上様の御身も安泰です」

駿之介は思わず語気が強くなって、まるで説教口調になってきた。御座の間に入ったときの萎縮した姿が嘘《うそ》のようだった。

「よろしいですか、上様……町人を犠牲にせよと言っているのではありませぬ。城下町のありようが、壁になるとの譬《たと》えです……守りが完全であれば、敵はどこを攻めてよいかも分からぬ……と孫子《そんし》も言うております。とにかく、城は建てる場所を選び、縄張りは複雑過ぎず、普請は手抜きをせずに丁寧に、石垣は崩れないように堅牢に、そして防火に万全を尽くす。これらが肝要です」

それからも、駿之介は調略や攪乱《かくらん》、兵糧攻めや水攻めなど、まるで戦国武将になったかのように、真剣な顔で滔々《とうとう》と話した。時折、大岡が吉宗に気遣って、

「――もうよい。そろそろ……」

と声をかけていたが、それすら耳に入っていなかった。

曲輪《くるわ》を築き、虎口《こぐち》を開き、濠を穿《うが》ち、土塁を盛り、石垣を築き、さらには天守を上

げるまでを一生懸命、疲れを知らぬ子供のように話し続けた。まだ続けようとしたが、

「相分かった。追って沙汰を申しつけるゆえ、下がるがよい」

「えっ……」

ハッと我に返った駿之介は、ポカンと口を開けていた。

「聞こえなんだか。下がってよい」

「——あ、はい……拙者、何か上様にご迷惑になるようなことを、申し上げましたでしょうか……もし、そうならば、平に平に」

「余が将軍とはいえども、何事もひとりで決めるわけにはいかぬ。老中・若年寄ら幕閣に諮ってから、言い渡す」

「あ、あわわ……もし御家断絶になどなれば、母上が路頭に迷い、あまりにも不憫《ふびん》でございます。切腹は我が身ひとつですから、やります。しかし、御家断絶だけは……」

必死に駿之介が訴えると、横合いから大岡が言葉を挟んだ。

「おぬしは嫁もおらねば子もおらぬ。その当主が切腹して果てれば、御家断絶は必定。その前に、どこぞの誰かと養子縁組でもするというのか」

「お、大岡様……何卒《なにとぞ》、お力添えを……」

「早合点をするな。おぬしは子供の頃から、利口なのかバカなのか分からぬときがある。お父上のように、人事を尽くして天命を待つ……その精神でおれ。もっとも、まだ若いゆえ、無理もないがな」

「天命を待つ……いよいよ、ダメなのですな……はあ……」

深い溜息をつき、深々と平伏してから、御座の間を去ろうとしたが、足が痺れて立てない。かといって、将軍に尻を向けて出ていくわけにはいかぬ。困っていると、吉宗の方が苦笑して、先に立ち去った。

「しっかりなされよ、駿之介殿」

大岡が手を貸すようにして、廊下に出ると、駿之介は来たときよりも、背中が曲がった悲惨な姿となり、涙をぽたぽたと落としながら表御殿の方へ向かうのだった。

三

大岡忠相の屋敷は、大名小路という今の「丸の内」の一角にあった。南町奉行になってからは、数寄屋橋《すきやばし》御門内の役宅に常駐していたが、奉行所からも目と鼻の先。一色家は大岡家に隣接していた。

いずれも長屋門の立派な屋敷で、まさに大名屋敷と見紛うほどであった。庭園を含めて二千坪余りの広さがある。

枯れ山水を見渡せる仏間で、駿之介は麻裃に着替えて、目を閉じて座っていた。目の前の大きな仏壇には、父親を初め先祖たちの位牌《いはい》が並べられている。座禅を組んでいるかのような不動の姿は、吉宗に謁見した昨日とは違って、水鏡のように揺らぎなく落ち着き払っていた。

襖が開いて入って来たのは、母親の芳枝《よしえ》であった。

普段着とはいえ、淡藍の綸子地間着《りんずじあいぎ》を着け、紫縮緬《ちりめん》地に花筏繍紋様《はないかだぬいもんよう》の掛下帯で身を繕っている。おさ舟に結った髪も黒く艶々しく、五十に届く年には見えない。夫を亡くして十年になるが、孤閨《こけい》を守ってきた女の色香すら漂っている。

「おやまあ、珍しい。仏前に座り込んで、何か願い事ですか」

年の割には凛《りん》と涼やかな声を、芳枝はかけた。だが、駿之介は目を閉じたまま、瞑《めい》想《そう》し続けていた。

「麻裃とは、今日も登城ですか。聞いてませんよ」

「…………」

「あ、そうそう。この前、おまえにも話したけれどね、先様からも色よい返事がありましたよ。とにかく、一度、会ってみなさい。大変な器量良しで、何より気立ての良さそうな娘さんです」

どうやら、いつもの見合いの話のようだ――と駿之介は勘づいたが黙っていた。これまで数え切れないほど持ってこられたのだが、相手が誰であれ、駿之介はまだ嫁を貰う気持ちはまったくなかった。

「結実《ゆみ》という名前で、美しい上に立派なやや子を産みそうな、しっかりしたお尻ですよ。その上、頭が良くて働き者。まさに一色家に相応しい娘さんです。一色家は代々、強い女によって支えられてきましたからねえ」

「…………」

「聞いてますか、駿之介」

「――はい……」

「だったら、返事をしなさい。結実さんを嫁に貰いなさい。何はともあれ、少なくとも一度、会ってみなさい」

駿之介は黙っていた。もし、御家断絶になれば、母親も共に路頭に迷うことになる。さすれば、嫁を貰うどころではなくなろう。どうせ、話が破談になるのなら、絶望の前に少しくらい喜ばせてやってもよい、という思いが湧き起こった。

「さあ。どうなのです、駿之介」

「ええ、いいでしょう」

「本当ですね。武士に二言はないですね」

「ありませぬ」

「ああ、良かった。これで私も一安心。亡くなったお父上も喜んでいることでしょう。では、早速……結実さんや、結実さんや」

芳枝は突然、相手の名前を呼んだ。すぐそこの廊下に控えていたのか、楚々《そそ》とした若い娘が、顔を伏せたまま入ってきた。そして、跪《ひざまず》くと三つ指をついて、駿之介に挨拶をした。

「……結実と申します」

「えっ……連れて来ていたのですか」

「善は急げと言うでしょう。もし、駿之介が嫌だと言っても、結実さんだけにはどうしても会わせたくて、誘っていたのです」

駿之介は困惑を隠せなかった。母親の言うとおり、細身でありながら立派な腰つきをして丈夫そうだし、いかにも一色家代々を支えていく奥方らしい雰囲気を醸しだしている。祖母もそうだった。

だが、話が早過ぎる。それどころではないのだと駿之介は言いたかったが、芳枝はすっかり上機嫌で、

「結実さんの父上は、五百石の旗本ながら、勘定吟味役を務めた質実剛健で、謹厳実直な御仁。小さな不正も許さないという、さすが勘定吟味役を担っただけのことはあります。すでに隠居をし、結実さんの兄上が御家《おいえ》を継ぎ、勘定吟味方改役《あらためやく》として、お勤めに励んでおります」

「そ、そうなんですか……」

「いずれ、お父上を継いで勘定吟味役になる逸材だとの評判なのです。そういう御家柄ですから、結実さんもきちんとした性分。ちょっとだらしないあなたの手綱を捌《さば》くには、相応しい娘さんだと思います」

「はあ……」

駿之介が気のない返事をすると、伏せたままの結実の方から、

「お顔を上げて構いませんでしょうか」

と声をかけてきた。

「あっ……結構ですよ。気が廻らなくて相済みません」

「お初にお目にかかります」

ゆっくりと上げた結実の顔を見て、駿之介は思わず仰《の》け反《ぞ》った。驚きのあまり声がでなかった。一瞬にして凍りついた。

あまりにも美し過ぎるからだ。瓜実顔《うりざね》に富士額、すっと伸びた鼻筋に端整な口元。匂い立つような赤い唇は程良く膨らみがあり、何より黒い瞳が水面《みなも》のように潤んで燦《きら》めいている。ごくりと、駿之介は生唾を飲んだ。その音は、庭の鹿威《ししおど》しの音と重なって消えたが、駿之介の緊張は解けなかった。

結実は揺るぎのない瞳で、じっと駿之介を見つめながら言った。

「私、何度か、駿之介様が、困った人を助けているところを、お見かけしたことがあります。ならず者に絡まれている人を救って、相手を追い払い、足腰が立たなくなった病人を背負って医者まで走り、心中しそうな貧しい母子を引き止めて、お金まで渡した……なかなかできることではありません。素晴らしい御方だと思いました」

「――どこで、さ、さようなことを……」

喉がカラカラになって声にならなかったが、結実は穏やかな口振りながら、

「それ以来、私は妻になるなら、この人をおいて他にはないと思いました。私、一生、駿之介様の側《そば》にお仕えしたいと存じます」

とハッキリと言った。

——夢だ……これは夢だ……かような天女のような美女が嫁に、だなんて……いや、待てよ。こんないい話があるはずがない……何か訳ありの出戻り女とか、本当は性格が悪いとか、他に罠でもあるのか……。

駿之介は心の中で疑ったが、芳枝はにこにこ嬉《うれ》しそうに笑っており、

「しっかりした娘さんでしょ、駿之介。あなたにお似合いですよ。結実さんにも言っておきますが、駿之介はちょっと頼りなげに見えますが、本当は芯の強い子で、正義感は人一倍あります」

「それは大袈裟《おおげさ》です……」

「見て見ぬふりができないのが、この子の性分なのです。私は、人として最も大切なことだと思いますよ。目の前の人を助けることもしないで、政事《まつりごと》の蘊蓄《うんちく》を垂れている武士ほど信頼できない人間はおりませんからね」

「おっしゃるとおりだと思います。私も駿之介様の、そういうところが好きです」

「では、本当に善は急げ。結納と祝言の日取りも決めなくてはね。ああ、忙しくなりそうですよ、あはは」

「しかし、母上。私はまだ無役の身です。嫁を貰うなどとは……」

「ならば今は、許嫁《いいなずけ》としておき、お役目が貰えれば、嫁にすることにしますか」

「そういうことなら、なんでもやります。はい、なんでも！」

駿之介は自制が利かないほど、舞い上がっていた。

「武士に二言はないですよね」

「ないです。二言も遺言もないです……しかし、私は今、嫁を貰うどころか、上様から呼び出されまして、その折に不興を買い……」

駿之介がどんより落ち込んだとき、中間《ちゅうげん》の金作《きんさく》が廊下をドタドタと走ってきて、

「一大事でござる、一大事でござる！」と叫びながら滑り込んできた。

「ほら、来た」

胸を掻《か》き毟《むし》る駿之介を横目に、

「廊下を走るのは、やめなさい、金作」

と芳枝が叱りつけた。金作は、中間として奉公して数年になるが、なぜか食い意地が張っていて、年々、肥えてきている。その分、動きも鈍くなって、一度、走り出したら止まるのにも一苦労だ。

「一大事でござる！」

「おまえの一大事は聞き飽きました。今日はなんですか。犬が猫を産みましたか」

「大岡越前様……南町奉行の大岡越前守忠相様がお見えになりました！」

「お隣様なのですから、そんなのしょっちゅうではないですか。何を大袈裟な……」

と言いかけた芳枝を制するように、駿之介は立ち上がって、

「母上……実は重大な話があります」

「重大な……それは一体……」

駿之介は軽く頷《うなず》いて、玄関に出向いた。

大岡忠相も麻裃の姿で、供侍と中間を引き連れて、玄関先に立っていた。真剣なまなざしで、何処かに緊張が漂っていたが、

「昨日は、ご苦労でござった」

と優しく、大岡は声をかけてきた。

裃姿で待っていた駿之介の決意を見てとったのか、大岡は軽く頭を下げた。後ろに控える芳枝にも目顔で挨拶をし、おもむろに封書を一枚、突きつけた。

それには『下』と大きく墨書されている。上意下達が原則の武家社会の慣例であるが、上様からの代理ということで、大岡が持参したのだ。

駿之介は丸一日経って、覚悟したつもりだったが、結実の登場で心が揺らぎ、狼狽していた。だが、昨日のようなうろたえた姿はなかった。むしろ結実に見栄《みえ》を張って、堂々とした顔つきになった。とはいえ、緊張が解けたわけではない。

「正式な授与式は後日に城中にて執り行うが、先触れとして、この大岡忠相が、老中・阿部長門守《あべながとのかみ》より指名されて参りました」

「阿部長門守から……ははあっ！」

頭を下げてから、「授与？」と首を傾げた。

「一色駿之介殿。貴殿を本日をもって、〝御城《おしろ》奉行〟に任ずる」

朗々と大岡は言って、封書を広げて差し出して見せた。

「――御城奉行……」

さらに駿之介は首を傾げて、

「なんですか、それは……聞いたことがない役職ですが……大岡様は、からかっておるのですか、私を……」

と言うと、大岡はきちんと説明をした。

「新たな役職だ。実はな、まだここだけの話にして貰いたいが……上様は、前々より、江戸城の改築を試みておる。特に、天守を造りたいと強く望んでおる」

「天守を……！」

駿之介は目を丸くした。

「米価の安定から殖産奨励などによって財政は多少良くなった。また法制改革により、世の中も安定した。よって、江戸町人のためにも、天守を再建しようと試みておるのだ」

「――天守を……」

駿之介はもう一度、同じ言葉を繰り返した。

「さよう。昨日、おぬしに上様が話をお聞きになったのは、御城奉行に相応しいかどうかの面談であったのだ」

「…………」

「知ってのとおり、上様は数々の改革によって、人材の登用、財政の改善、教育の推進、医療の充実、町火消の設置や災害対策などを成し遂げてきた。さらには、天文学や測量なども推し進めて世の中を詳《つまび》らかにする一方で、花火や桜並木の植樹、祭りや芝居を広めて、庶民の楽しみを増やしてきた」

「さようでございまするな」

「おぬしが言うとおり、江戸は大きな城下町である。だが、天守がないゆえ、江戸城は城であって城でない、というような気がすると、人々は思っておる」

「はい。そのとおりだと思います」

「諸国の城下町がそうであるように、町場から天守を見上げる光景は良いものだ。それは、なんとなく人々にも安心感を与えるに違いない。そして、ひとつの町に暮らしているという幸せな気分も生むという」

吉宗のその思いを、大岡は伝えて、

「ゆえに、天守を再建したい。もちろん、軍備のためでもある。泰平の世だと諸大名も浮かれてはおるが、実は世界に目を向ければ、戦と飢餓が続いておる。異国の船は日本の近海にも出没しておるし、邪宗の徒も密《ひそ》かに入り込んでいる。ゆえに天守再建は、まさに国防のひとつでもあるのだ」

「そのとおりですね。上様は洋学も一部解禁するほどの西洋通ですから、私たちには分からぬ危機を感じているのでしょう」

「さよう……旗本は万が一の国難の折には、戦わねばならぬ。もちろん、今般出来た御城奉行の役目は、国防とは関わりない……どのような江戸城の改築がよいか、いかなる天守がこの享保《きようほう》の世に相応しいか。諸国の城を見聞して、どのような城を造るか計画を立てる」

「城を造る計画……」

「むろん、城造りとは天守を造るだけではない。その国なりの地形を利用しながら、その場に相応《ふさわ》しい城下町を造ることだ。城を取り囲む武家屋敷や神社仏閣が要塞の働きもしておろう。おぬしが上様にご意見したように、江戸全体が城である如くにな」

「ご意見などと……」

恐縮して首を竦《すく》める駿之介に、大岡は真剣な顔で続けた。

「私が江戸町奉行であるように、おぬしは今日から、諸国の城下町を見守る〝城下町奉行〟と称してもよかろう」

「………」

「それが、おぬしに託された使命だ。どうだ。自分に相応しいとは思わぬか。天守台で、握り飯を食ってる場合ではないぞ」

「はい。お引き受け致します」

駿之介が即答した途端、芳枝がズイと前に出てきて、

「これで決まりましたね、駿之介。お役目を貫えば嫁にする。たった今、約束しましたよね。武士に二言はないと」

「もちろんでございます」

芳枝の後ろで、羞《は》じらいながら座っている結実を見た大岡が、

「その娘さんは……」

と尋ねると、すぐさま芳枝が答えた。

「駿之介の許嫁でございます。でも、役職をいただき、嫁に貰うことができます。今日はなんという幸運な日でしょう……あ、そうだ、大岡様。ぜひに、ふたりの仲人になって下さいませ。元勘定吟味役の織部主水《おりべもんど》様の娘さんでございます」

「ああ、織部殿の……それは目出度《めでた》い。お安い御用でござる」

大岡がふたつ返事で快諾した。駿之介は腰を浮かして、あたふたと、

「それは困ります……あ、いえ、役職は謹んで承ります。でも、大岡様が仲人とは恐れ多過ぎます……それに、許嫁といっても、今日、会ったばかりでして……」

もじもじしていると、大岡は大笑いした。

「あはは。なるほど、一目惚《ぼ》れか。めでたい。これは、めでたいことじゃ」

大岡と芳枝はまるで示し合わせていたかのように、楽しそうに笑うのであった。

四

だが、少しばかり話が違ってきた。仮祝言を挙げる日の直前になって、結実が風邪を拗《こじ》らせて床に臥《ふ》せったのだ。駿之介が見舞いに行こうとしても、風邪を移しては公務に差し支えるから大事を取れと、会うことも叶《かな》わなかった。

「祝言は、此度《こたび》の務めを終えて、江戸に帰って来てからにしようではないか」

という話が先方と出来上がり、大岡も芳枝も承諾したのだ。

美しい許嫁を江戸に置いたまま、遠国に旅立つのは心残りである。当時は旅に出るということは、〝今生の別れ〟になることもあるから、水杯を交わしたほどだ。それほど危険がつきまとったのだ。せめて一目でも会いたかったが、再びまみえるのは、務めを終えてからということになった。

正式に老中・阿部長門守から〝御城奉行〟として指令を受けた駿之介は、結実に心を残しながらの旅立ちとなった。

今般の行き先は、肥後熊本である。吉宗が真っ先に調べて欲しいのは、日本一堅牢だという、加藤清正《かとうきよまさ》が建てた熊本城だからだ。

旅の供は、金作ひとりである。駿之介の寂しさをよそに、ニマニマと笑っている。

「鼻先にぶら下げられた人参《にんじん》ってとこですかねえ」

「何がだ」

「結実様でございますよ。無役を良いことに、日頃から、好き勝手に暮らしてきた駿之介様を、役職に就けるためのね」

「あの人を嫁にしたいがために、役職を引き受けたとでも言うのか」

「元々、お城好きだから、それも利用されたのではないのでしょうか……勘繰りかもしれませんが、あっしにはそう思えるのですがね」

「母上の思惑がどうであれ、俺は結実様に惚れた。その心は動かぬ」

「ま、ご勝手にどうぞ。あっしには、あの結実様ってのはどうも……」

「どうも、なんだ」

「あ、いえ。若殿がそれでいいなら、それでいいです」

「なんだ、その言い草は……はは、妬《や》いてるのだな。そのうち、おまえに相応しいでっかい女を探してやる。わはは」

駿之介は結実の面影を胸に秘め、旅の足も軽かった。

東海道を西に進み、大坂から船に乗り、瀬戸内海を渡って豊後《ぶんご》に上陸する。豊後鶴崎から、豊後街道で竹田《たけた》から九重《くじゅう》の山々を越え、内牧《うちのまき》を経て、雄大な阿蘇《あそ》の二重《ふたえ》峠、菊池の大津《おおづ》へと肥後に至る。おおむね参勤交代の逆の道筋で、十数日かかった。

着いた頃には、すっかり梅の季節は終わり、間もなく桜の蕾《つぼみ》が色づいていた。

遥か遠くの山道からでも、広々とした平野の中、金峰山《きんぼうざん》を背景にした熊本城の偉容は、すぐに目に飛び込んできた。

いくつもの大きな櫓が城郭を取り囲んでおり、黒塗りで外観三層の大天守と外観二層の小天守が並んでいる。この天守が二棟あるのは、珍しい光景である。さらに、小藩ならば天守と見紛う宇土《うと》櫓も聳《そび》えていた。熊本城には天守がみっつある、と言われるゆえんである。

「おお……見事じゃ……のう金作、遥々と江戸から旅をしてきた甲斐《かい》があったというものだ。これは素晴らしい。もし鳥になれるのならば、空からあの城の上を飛んでみたいものだ……そうは思わぬか、金作」

感動に涙しながら、駿之介は全身を震わせていた。だが、後ろから付いてきていたはずの金作がいない。疲れたのか少し遅れて、腹を抱えて木陰に座り込んでいる。

「金作。早う、こっちに来てみろ」

「――はあ……若殿ほど城には思い入れがありませんので……アタタ」

「目がないのは食い物だからな。豊後竹田の〝はらふと餅〟を食い過ぎたのであろう。おまえは程度というのが分からぬのか」

「アタタ。でも、あまりにも美味《うま》すぎて……」

「そうか。ならばゆっくり野糞《のぐそ》でもして参れ。この辺りには、蝮《まむし》がいるかもしれぬから、尻を嚙《か》まれぬようにな」

言い捨てると駿之介は、弾むような足取りで先を急いだ。

阿蘇から流れ来る白川沿いの道を歩いていると、しだいに城下が近づいてくる。甍《いらか》の多い武家屋敷や民家が続くのは、国が豊かな証《あかし》である。さすが肥後五十四万石だけのことはある。戦国の名将・加藤清正が作り上げた町を、細川《ほそかわ》家が見事に継承している。

天正十五年（一五八七）、豊臣秀吉《とよとみひでよし》は九州平定の後、すぐさま球磨《くま》と天草《あまくさ》の両郡を除く肥後のほとんどを佐々成政《さっさなりまさ》に与えた。九州征伐の功労賞として、四十九万石を拝領したのだが、越中富山からの移封であり、しかも病がちだったので、佐々成政は秀吉による〝虐《いじ》め〟に感じていた。

しかも肥後は、独立心旺盛な国人や国衆が大勢割拠しており、領国経営は一筋縄ではいかなかった。だが、秀吉の性急な命令によって「太閤《たいこう》検地」を断行するも、肥後の国中で一揆《いっき》が起こった。これを鎮めることができなかった責任を負わされ、佐々成政は切腹となったのである。

秀吉は一揆を起こした国人衆らも成敗した上で、肥後の北部には加藤清正を、南部には小西行長《こにしゆきなが》を配した。後に、朝鮮出兵の先鋒《せんぽう》にされるふたりである。

加藤清正と小西行長は、まるで好敵手のように朝鮮において軍功を競い合った。しかし、関ヶ原の合戦においては東西に分かれ、その結果として、加藤清正が、球磨を除く、熊本五十二万石の国主となったのだ。そして、熊本城の築城から治水事業、干拓事業など、熊本藩の基礎を作り上げた。

しかし、二代目の加藤忠広《ただひろ》は若くして藩主となり、藤堂高虎が後見人を務めたが、うまく家臣団を纏《まと》めることができなかった。ゆえに、特に理由のないまま〝乱行〟があったと決めつけられ、改易となった。

その直後、寛永九年（一六三二）、小倉《こくら》三十九万石の当主・細川忠利《ただとし》が熊本城主となり、〝安定政権〟を作り、享保の世では、宣紀《のぶのり》が藩主となっている。細川家といえば、足利《あしかが》将軍家の支流である管領《かんれい》家の一族である。茶人で古今伝授者でもあった細川幽斎《ゆうさい》の直系である。

とにかく肥後国の領域は広い。しかも、一国一城の制が出来て後、数々の戦国の城が廃城になったとはいえ、国人や国衆の末裔《まつえい》がおり、まだ戦国の気風が残っている。そうした領国を数十の〝手永《てなが》〟という複数の村からなる区域に分け、惣庄屋《そうじようや》に支配させた。

また豊後や筑後《ちくご》、大隅《おおすみ》、日向《ひゅうが》、薩摩《さつま》などとの数多くの国境に加え、東シナ海に面した長い海岸線などを防備するために、八十ヶ所近い関所を置いて監視を強めてきた。

よって、此度の駿之介の旅でも、足止めを食らった関所が幾つかあるが、将軍家の旗本、つまり幕臣の〝御城奉行〟という身分でなければ、通ることが叶わなかった。

いや、むしろ幕臣であるがために、巡見使と怪しまれたこともある。

巡見使とは、大目付同様、諸国を見廻り、国情を報告するのだが、より隠密《おんみつ》性が高かった。特に、外様《とざま》大名にとっては、鬼のように恐ろしい存在であった。巡見使の言葉ひとつで、藩が取り潰されるかもしれないからだ。

特に、島原・天草の乱が起きた土地柄である。幕府もよもや隠れ切支丹《キリシタン》が謀反《むほん》を企《たくら》んでいるとまでは思ってもいまいが、独特な風土ゆえに警戒を怠っていなかった。豊後や肥前、日向には譜代大名がいる。だが、肥後はすべて外様大名である。それゆえ、熊本藩の方も、隣国の薩摩藩同様、幕府の動向には気を配っていたのである。

「——いやいやいや……これは凄《すご》いなあ。たまらんなあ」

城はすべて黒漆塗りである。大天守、小天守はもとより、数多くの櫓や壁は威厳ある黒光りである。しかも、石垣は聳えるように高い。茶臼山《ちやうすやま》の南端を占めるとはいえ、平城に近いのに、まるで山城のような迫力である。

その上、城の東から南に流れる白川と坪井川《つぼいがわ》、西には井芹川《いせりがわ》という自然の濠に囲まれている。坪井川は曲がりくねって氾濫《はんらん》も起こしていたので、改修して白川と合流させ、その部分を埋め立てて城下町にしたという。その名残りなのか、〝慶徳堀《けいとくぼり》〟という池があった。

茶臼山と白川に挟まれた間に武家屋敷や町屋が集められ、新町と古町に町割され、薩摩往還とを繋ぐ〝長六橋〟という肥後石橋が、城下町の風情を掻《か》き立てていた。

外からははっきり見えないが、本丸は城内でも最も高い部分に設けられているようだ。二の丸から、藤崎八旛宮《ふじさきはちまんぐう》、新町の方に続くなだらかな坂は、歩いていても趣がある。城の東側には、アズキ谷と呼ばれる急峻《きゅうしゅん》な崖が続き、東十八間《けん》櫓台の石垣は、駿之介が見たことのない素晴らしい石垣である。

西側は防備に弱いように見えた。だが、それを補うかのように、坪井川を利用した水堀と、二の丸と出丸の間には空堀を設けてあった。この城の西側が防備に甘いと指摘した山伏が、他国で弱点を洩らさぬようにと、加藤清正の家臣に殺された伝説が残っている。

「いかに堅牢な城にも、ひとつくらいは欠点があるものだな」

駿之介は感慨に耽った。とはいえ、天然の濠に橋を一本しか架けていないのは、防衛力を高めるためであろうし、幾つもの城門は高くて堅牢である。四十七の門のうち、上部に櫓を備えた櫓門は十八もあるという。しかも、いずれもが枡形《ますがた》門で、敵を誘い込んで攻撃しやすい形となっている。

江戸城に負けないくらいの数多くの櫓が四方八方に睨《にら》みを利かしている。田子櫓《たご》、七間櫓《しちけん》、十四間櫓、四間櫓、源之進《げんのしん》櫓、東十八間櫓、北十八間櫓、五間櫓などが続く。そのうちの幾つかは、遠目に見ると棟続きで同じ建物にも見え、付け入る隙はなかった。

また坪井川に沿ってある百三十五間もの長塀や清正流《せいしょうりゅう》と呼ばれる〝武者返し〟の石垣は、忍びでも登ることは絶対にできなかった。

城下の何処からも見られる大天守と小天守を、駿之介は眺めて歩いた。屋根に設《しつら》えてある向唐破風《むかいからはふ》や入母屋《いりもや》破風の反りが美しくて、何度も溜息をついていた。時に、遠眼鏡を覗《のぞ》いて見ると、破風の下にある懸魚《げぎょ》の紋様も繊細で美しい。細川家の九曜紋をあしらっているものもあるようだった。

もちろん、それらのすべてを駿之介が外から見ることはできない。だが、屋根の配置や棟の向き、石垣の勾配《こうばい》や大きさなどから、推測することはできたのだ。

時が経つのも忘れて、一里近くある城の周りを繰り返し廻っているうちに、〝百間石垣〟のある二の丸御門の前で、門番に呼び止められた。他にも数人の門番が控えている。

「待て。先ほどから、何度も見かけるが、何をしておる」

高圧的な声を、駿之介にかけてきた。すぐに立ち止まった駿之介は朗らかな顔で、

「いやいや。さすがは肥後熊本城、日の本一の御城でござるな。あまりにも立派すぎて、感銘しておりました」

「何をしているかと聞いておる」

「えっ、何をって……見物しておるのです。生きているうちに、一度は見てみたかったが、いやあ、これほどの御城とは見事という言葉では片付けられぬ。なんとかして、中にも入ってみたいものだ」

「なにッ。中に入りたいだと。貴様、よもや忍び込むために下調べをしているつもりではあるまいな」

門番は持っていた槍《やり》の穂先を向けた。駿之介は微動だにせず、

「怪しい者ではない。本当に城が好きで眺めていただけだ」

「自分で怪しいと言う者はおらぬ。名を名乗れ」

「拙者、公儀……いや、天下の素浪人、一色駿之介という者でござる」

御城奉行というのは、関所ではともかく、やたら名乗らぬよう、上役の老中から命じられているのだ。

「何が天下の素浪人だ。取り調べる故、番小屋まで来い」

険しい声で詰め寄ると、他の門番たちも駆けつけてきて、駿之介を取り囲んだ。

「こっちは名乗ったのだ。そこもとは何というのだ」

と門番に問いかけると、

「二の丸清兵衛《せいべえ》だ。この二の丸を預かっておる。さあ、大人しくしろ」

「大人しくしろって、拙者、何もしておらぬ。城を見ていただけだ」

「それが怪しいと言うておるのだ」

押し問答をしているところへ、まるで加藤清正のような甲冑《かっちゅう》姿の屈強な武士が、二の丸御門から出てきた。

「如何《いかが》した、清兵衛殿」

「こやつ。城のことを探っておりました」

二の丸が答えると、甲冑姿はズイと近づいてきて、

「拙者、飯田《いいだ》丸を守る飯田覚兵衛《かくべえ》だ。用件なら、儂《わし》が聞こう」

と駿之介に迫った。

「用件というほどでは……あ、でも、飯田丸といえば備前堀の前の、あの立派な五階櫓を造ったという」

「そうだが……？」

「もし、よければ見せて貰えまいか」

「ふざけたことを……貴様。やはり何か企んでおるな」

飯田は腰の刀に手をあてがった。さすがに駿之介はわずかに身を引いた。すると、二の丸が強い味方を得たと余裕が出たのか、

「この御仁は、そこの百間石垣から、背面跳びをした猛者だ。逃れられぬぞ」

思わず石垣を見上げた駿之介は、

「――そりゃ無理だろう。あんな所から飛び降りたら、怪我《けが》では済むまい」

「ふはは。それがな、正月飾りの大団扇《うちわ》を翼代わりにして飛んだから、ふわりと着地できたのだ。それくらいは、頭を使わないとな。もっとも若い頃の話だ。濠に架かる橋の欄干から、殿様の屋形船に向かって小便もしたことがあるぞ」

自分の無謀さを、飯田はまるで手柄話のように話した。

「なるほど、大団扇でな……ということは、凧に乗って空を舞えば、鳥のように城も眺めることができるということか……」

駿之介は一方に目をやって、

「あの金峰山の上からなら、飛んでも来られそうだなあ」

と言うと、飯田と二の丸は頷き合って、他の門番共々、「うろんな奴め！」と捕ら

えようとした。駿之介は門番たちの槍の柄や六尺棒を摑《つか》んで、軽やかに柔術で投げ倒すと、「御免」と一目散に駆け出して逃げた。

「追え、追え！　捕らえて何者か吐かせろ！」

飯田の声が響いたが、本人は甲冑が重くて走れず、門番たちは転倒した痛みで起き上がれない。二の丸は追いかけようとして側溝に足を取られ、向こう臑《ずね》をしたたか打った。

「アタタ……曲者《くせもの》じゃ……追え、追えい！」

という声だけが虚《むな》しく響いていた。

五

坂道を下って、せっせと藤崎八旛宮の方に逃げ、白川を渡って遠廻りするように新町や古町に向かった。

この一帯は、加藤清正が熊本城築城のときに開いた城下町であり、五つの城門に囲まれた〝城内町〟で、短冊形の町割になっており、武家屋敷と町人町とが混在していた。古町の方は、いかにも城を守る町の様相で、碁盤目に「一町一寺」の町割としていた。つまり寺が軍事施設のような役目を果たしていたのだ。

坪井川沿いには、幾つもの河岸が密集しており、無数の川船が押し寄せていた。船着場と問屋が並んでおり、景気よく荷揚げ人足が働いていた。駿之介は江戸の日本橋や鉄砲洲《てつぽうず》などの賑《にぎ》わいを思い出したが、五十四万石を支える物流の勢いを目の当たりにして、なかなかの豊かさだと感じていた。

何処からでも天守が仰げる。大通りからでも、小さな路地からでも熊本城が見えることで、やはり人々は一体感があるに違いない。江戸もかくあるべきだと、駿之介が改めて思ったときである。

路地から飛び出してきた上品な格好の初老の侍が、駿之介とぶつかりそうになった。咄嗟《とつさ》に避《よ》けた駿之介だが、ガチッと鞘《さや》が当たった。すると、初老の侍がすぐさま、

「これは申し訳ない。恋の鞘当てならば粋なものだが、この無粋、許してくれ」

と言うなり、早歩きで立ち去った。

「なんだ、あいつ……」

駿之介は返す言葉もないまま、路地に入ろうとすると、今度は小汚い食い詰め浪人者が三人ばかり駆け出てきて、駿之介にもろにぶつかった。

「何処に目を付けておるか、無礼者」

　浪人者たちは駿之介を怒鳴りつけて立ち去ろうとしたが、その浪人者たちを、駿之介は呼び止めた。先程の初老の侍とはえらい違いだ。同じ熊本の人間とは思えなかった。

「待てよ。ぶつかったのは、そっちであろう。しかも、城下は走ってはならぬ決まりがあるはずだが？」

　これは江戸市中はもとより、何処の城下でも同じである。人にぶつかったり、側溝に転倒などして危険だからである。また大八車などと衝突もしかねない。走っただけで入牢《じゅろう》されることもある。江戸時代の規則は厳しく、大八車や川船で事故を起こしたら、相手が死ななくても死罪や遠島となる。ましてや、わざとぶつければ、磔《はりつけ》の上、獄門である。

　それほどの危険な行為をしておきながら、謝りもしないのは言語道断であった。だが、その浪人者たちには自覚がなく、謝るどころか、駿之介に因縁をつけた。

「なんだと若造。もう一度、言うてみんか」

「城下は走るな」

「ほう……儂らに指図するとは、よか根性をしとる」

「誰かは知らぬがな」

「なんだと」

突っかかろうとする浪人者を、兄貴格の浪人が制して、

「そんな奴を相手にしとるときでなか。早う、追いかけんか」

「もしかして、さっきの上品な侍を探してるのか」

駿之介が声をかけると、兄貴格がギラリと目を向けて、

「見たのか」

「ああ。そいつも俺にぶつかった」

「どっちへ行った」

「向こうだ」

初老の侍が逃げたのとは反対の方向を指した。すると、浪人者たちは礼の一言も言わずに、急いで突っ走って行った。

「――ばかめ……」

駿之介はひとりごちて、路地に入っていった。

そんな様子を――。

行商風の大柄な男と鳥追い姿の美しい女が、表通りの茶店の軒下から見ていた。

「あの若侍、かなりの腕利きと見た」

男が言うと女も頷いて、

「そのようですね。何度も城の周りを探っている様子でしたが、何か思惑があるのかもしれませぬ。私が見張っておきましょう」

「うむ。では、殿の方は俺が……」

と二手に分かれた。

そして、今一組――別の路地から、木綿の羽織に野袴《のばかま》といういでたちの、どこぞの家臣風の男がふたり、駿之介の行方を尾《つ》けていた。このふたりも、駿之介が城の周辺を散策していたのを目にしたようで、

「江戸からの報せがあったとおり、あやつは阿蘇から国入りしてすぐ、丹念に城下を探っておる。公儀隠密に違いあるまい」

「のようだな……」

「このこと、御前に報せておいた方がよさそうだな」

「うむ。では、俺は奴から目を離さないでおく」

密かに声を交わすのだった。

そんなことがあろうとは知らぬ駿之介は、暢気《のんき》に日暮れまで城下町を散策し、長六橋近くの手頃な旅籠《はたご》に宿を取った。手にしていた編笠《あみがさ》を軒にぶら下げて、後から来る

であろう金作への目印とした。

一風呂浴びて、窓から月明かりに浮かぶ城を見上げながら、一杯やっていると、心地よくなってきた。しかも、食べたことのない馬刺しであった。

馬肉を食べる習慣は意外と古い。日本でも七世紀頃には家畜として使われ、その死後は食されていたという。もっとも、肥後で馬刺しを食べるのが広がったのは、加藤清正が朝鮮出兵の際に、食糧がなくなったので仕方無く軍馬を食べたのがきっかけだと伝わっている。

仏教の影響で、鳥以外の肉食は禁止されていた。が、それは建前で、元禄《げんろく》期の〝生類憐《あわ》れみの令〟の頃ですら、猪《いのしし》（豚）の飼育は地方では盛んで、鹿や狼《おおかみ》なども食されていた。

満腹になって、ごろんと横になったとき、階段をドタドタと駆け上る音がした。すぐに金作の足音だと分かった。

襖がサッと開いて入ってきたのは、やはり金作だった。目を吊《つ》り上げており、

「ここでしたか……若殿。ひとりでさっさか行くのはやめて下さい。城下の旅籠を探し廻ってようやく見つけ出しました。五十四万石の城下ですよ。見つけられたのは奇跡です」

「大袈裟な。旅籠が多いのは、この薩摩往還辺りに決まっておろう。目印の笠も下げておいた。すぐに分かると思ったがな」

「とにかく、腹が減りました」

「口を開けると、それしか言わぬな。宿の者に頼んで、好きなだけ食え」

駿之介が言うと、金作は高足膳の皿に残っている馬刺しを見て、

「──それは、何ですか」

「馬刺しだ」

「えっ、バサシ……」

「馬の肉だ。美味いぞ、食ってみろ」

「ば、馬肉……冗談ではありませぬ。さようなことが許されてよいのですか。俺にはそんな惨《むご》いことはできませぬ」

「食べてやるのも供養だ」

「そうではなく、私は仏に仕える身。さようなことは……」

「いつから仏に仕えておるのだ。いいから食うてみろ」

と言いながら、駿之介が半ば無理矢理、食わせると、険しい顔の金作の頬が俄《にわか》に綻んだ。そして、目尻を下げて、

「なんだ、これ……甘くて柔らかくて、何とも言えない味わい……なんだこれ」

と残りを平らげ、他にも追加で頼んで、酒を飲みながら、むしゃむしゃ食い尽くした。その姿を見ていた駿之介は、

「猪が馬を食ってる風情だな」

とからかったが、金作は気にもせず、上機嫌で食べた。ひとしきり味わってから、ふいに酔い覚ましに風に当たるために、窓から外を見ると、橋の袂《たもと》にいる鳥追いの姿が月明かりに浮かぶのを見た。

「――あれ……あの女、俺が来たときから、ずっと、あそこにいるなあ」

何気なく言った金作の言葉に、駿之介も覗いて見ると、たしかにいる。鳥追いとは、正月の門付芸人のことで、坂東《ばんどう》の田舎で行われるものだ。江戸には鳥追いの姿をした遊び女《め》なども出没していたが、肥後にもいるのかと漠然と思った。

ふたりが見ている視線に気づいたのか、鳥追いはさりげなく離れて、路地に消えた。

だが、金作は怪しいと睨んで、

「若殿……誰かに付け狙われてますな。あの女、俺が尾けてみましょうか」

と言った。

「きっと俺に一目惚れしたのであろう。結実もそうだが、むふふ、色男は辛《つら》いなあ」

「真面目に話しているのです」

金作はこれでも、その昔は伊賀忍者の端くれで、曲芸師よりも身軽だったと、常々、話しているが、真偽の程は分からない。

「気にするな。こっちは何も疚《やま》しいことはしてないのだ……だが、たしかに余所者《よそもの》を警戒している雰囲気はあるな。城の周辺を歩き廻っていて、そう感じたよ」

「細川家は外様ではありますが、徳川とは良い関わりが続いております。公儀隠密を気にする風潮はないと聞いてましたが」

「うむ……だが、まあ、大名が余所者を警戒するのは当たり前のことだ。俺に与えられた使命は、江戸城の……就中《なかんずく》、天守の再建について、よく調べることだ。おまえも分かっているとは思うが、他国での揉《も》め事には首を突っ込むなよ」

「それは、若殿に言っておきたいことです。奥方様からは、くれぐれも余計なことに首を突っ込まぬよう見張っておれと、ね」

金作は他の海の幸や揚げ物などで満腹になった腹を撫《な》でながら、注進するのであった。窓の外には、月明かりを遮るほどの怪しげな雲が広がっていたが、熊本城の偉容はくっきりと月影とともに浮かんでいた。

六

城下の京町辺りの一角に、一際、大きな屋敷があった。

そこは藩主の別邸であるのだが、それに隣接して、立派な長屋門の武家屋敷が、うっすらと射《さ》す月光を受けていた。熊本藩国家老・松井監物《まついけんもつ》の屋敷である。

どこかで、梟《ふくろう》が不気味に鳴いた。

松井屋敷の奥座敷には、当家の主《あるじ》である松井監物の前に、田代兵部《たしろひょうぶ》という家臣が控えていた。松井は八代《やつしろ》城主でもある。田代もまた名門の出らしく、如何にも頭の切れそうな風貌で恰幅《かっぷく》がよく、能吏然としていた。

一国一城が原則である。だが、この肥後国は例外であった。熊本城の他に、不知火《しらぬい》湾に面した八代城が、幕府に認められていたのである。薩摩藩の島津《しまづ》家に対して、牽《けん》制《せい》するための城だった。

松井家は元々、足利家のもとでは、細川家と対等の家臣であった。だが、細川幽斎の家臣になることを誓い、家老としてずっと行動を共にしてきた。ゆえに、先祖の松井康之《やすゆき》が幾多の合戦で功労を立て、秀吉から十八万石の大名に取り立てると言われた

ときも、

「細川家の家臣でありますれば、主君に従うのが務め。ご辞退申し上げます」

と断った。それほど、細川家に忠誠を尽くしてきた家柄である。

熊本藩細川家には、松井の他に米田《こめだ》と有吉《ありよし》が家老として居たが、松井家は代々、筆頭家老であった。その当代である松井監物は常日頃から、薩摩の動向を調べると同時に、幕府からの密使などにも心を砕いていた。

「殿に、申しあげておきたいことがございまする。手下からの報せでございます」

物静かな声で田代が言うと、松井は黙って、自分で煎じた茶を飲みながら、じっくりと聞いていた。

「公儀巡見使が来ると、江戸上屋敷から伝わってきておりましたが、すでに肥後入りしている節があります」

「そうなのか」

「はい。未《いま》だに素性は分かりませぬが、目に付いた者がおりましたので、お耳に入れておかねばと……」

「何者だ。それは」

「関所役人に問い質《ただ》したところ、公儀の〝御城奉行〟一色駿之介と名乗っており、供の者として、金作という中間がひとり、関所帳に記されております」

「怪しいのか……」

「この一色駿之介なる者、城下に到着早々、熊本城の周りを何度も巡りながら、隈無《くまな》く調べ事をしているようでした。ときに帳面などを取り出し、矢立てで何かを書き記《しる》していた節もあります」

「城の偵察とは、まさしく隠密が行うことであるな」

「二の丸では門番が誰何《すいか》し、番小屋へ連れて行こうとするのを蹴散らして逃げたそうでございます。その場には、飯田覚兵衛もおりまして、この猛者をも振り払ったとは、よほどの腕利きと思われまする」

「あの飯田を、か……」

松井は驚いた。飯田は細川家一、二の剣術の腕前で、松井も何度も手合わせしたが、なかなか勝てぬ相手である。松井もまた城下で屈指の剣豪と知られていた。なにしろ、先祖は宮本武蔵《みやもとむさし》と親交があり、弟子入りした筋金入りの武芸者なのだ。

「ならば、巡見使の先触れか……いや、〝御城奉行〟などとは聞いたことがない。そやつ自身が巡見使で、密かに探っているのやもしれぬな。実はな……」

声をひそめて、松井は田代を手招きした。

「三月程前より、我が八代城辺りから、宇城《うき》、宇土さらには天草にかけて、沿岸測量をしている一団がある。問い質したところ、公儀の測量隊で、八代将軍・吉宗公直々のお墨付きと、葵《あおい》の御紋の入った羽織の武家衆が、測量を進めておるのだ」

「なんと。それは知りませんでした……まこと、公儀の測量でございますか」

「間違いはない。だが、いくら幕府とはいえ、他家の領国に入って測量するのは如何なものかと、早馬にて江戸表《おもて》に報せてはおるが、未だに返答はない」

「それは一大事でございまするな」

「たしかに、吉宗公から諸大名に向けて、『享保日本図』という地図を作るために、測量隊を派遣するという通達は、一昨年初頭にあった。幾つかの隊に分けて、奥州、越後、越中、信州、東海、畿内、中・四国、九州などに一斉に派遣したらしい」

「…………」

「されど、実態は明らかにされておらず、巡見使の役目もあるのではないか……との噂《うわさ》もある。それも、おぬしに探って貰いたい」

吉宗が命じて作らせた『享保日本図』の測量原図は実在する。かの伊能忠敬《いのうただたか》の『大日本沿海輿地《よち》全図』よりも百年近く前のことである。天文学と測量術に長《た》けていた吉宗は、この地図を生前には完成させることができなかったが、初めて本州や四国、九州などの位置を測量して確かめたのだった。縮尺二十一万六千分の一で、伊能地図と比べても大差はない。

「むろん、沿岸測量は国防のためと思われる……だが、たとえ将軍の望みとはいえ、いい気はせぬ。我が藩には我が藩の測量隊がある。各藩、似たようなものだと思う。よって、前々から、諸藩から取り寄せたのを合体させればよいのでは、と提案している」

「はい……」

「だが、公儀は、それでは縮尺の度合いや、測量の仕方によってズレが生じるといって、強引に公儀の測量隊を出してきた。これは、まさに他国によって、自分の領地を測られることに他ならぬ」

松井はやや興奮気味になって、

「それゆえ、八代城では警戒を強めておったのだが……巡見使がいよいよ肥後入りしたとなれば、なんとか善処せねばなるまいな」

と言った。

しばらく考えていた田代は、

「私によき考えがございまする。なんとしても、我が藩の内情が公儀に筒抜けにならぬよう、取り計りとう存じます」

「万が一のときには、手段を選ぶな……今や細川の殿様は、かつての名君と違って、情けない殿様になってしもうたからな」

主家の凋落《ちょうらく》を憂えるというよりは、腹立たしく思うような顔つきで、松井は愚痴めいたことを言うのであった。その胸の裡《うち》が痛いほど分かるのであろう。

「御意……殿の胸に秘めたる思い……必ずや成し遂げましょうぞ」

力強い言葉を返す田代に、松井も鋭く熱い目つきで頷くのだった。


翌朝――眩《まぶ》しい朝日を浴びて、熊本城の大小の天守が聳えている。

背伸びをしながら眺めていた駿之介は、優雅に朝風呂を浴び、褌《ふんどし》を締め直して着替えをして表に出ると、気のせいか幾つかの視線を感じた。辺りを見廻したが、取り立てて目につく者はいなかった。

南国らしい陽射《ひざ》しが広がっている。

朝早くから、城下町らしい賑わいがあって、江戸と同じように蜆《しじみ》売りとか豆腐売りなどが、出歩いていた。中には花売りの娘や子供の姿もあった。

その平穏な朝の静けさを引き裂くような、声が起こった。

「きゃあ！」「なんばしょっとか！」「うわあ、掏摸《すり》だあ！」

駿之介が振り向くと、蔵が並ぶ船着場の辺りで、花柄の派手な着物の娘が一目散に逃げている。それを、豪商風の肥《ふと》った男が追いかけているのだが、どう見ても追いつきそうにない足取りだ。

「――なんだ、掏摸か……盗んだ奴は悪いが、盗まれた方も間抜けだな」

と呟いたとき、今度はまた別の路地から、

「何者ですか！　下がりなさい！」

険しい女の声が聞こえた。路地を覗き込むと、そこには、前髪立ちの男の子と、その母親らしき武家女がいた。そのふたりを、数人の浪人たちが取り囲んでいる。

「――おや……？」

駿之介が見ると、その中の三人は、きのうの上品な初老の侍を追いかけていた奴らだった。浪人たちは無言のまま抜刀し、いきなり武家女を斬った。

「待てッ！」

と駿之介が声をかける暇もなかった。路地に駆け込んだが、浪人たちのうち三人は、駿之介に向かい、後のふたりは男の子を攫《さら》って逃げようとしている。

向かってくる浪人たちを、駿之介は足を掛けて倒して擦り抜け、男の子を摑まえている浪人に向かって小柄《こづか》を投げた。

小柄はひとりの首に命中し、その場に倒れた。もうひとりが驚いて、子供から手を放して駿之介に向かってきたが、その腕を摑んで小手投げで仰向《あおむ》けに倒した。

「おまえたち、昨日もその面を見たが、殺し屋だったのか」

険しい顔で駿之介が言うと、倒れていた浪人たちも思い出し、

「貴様か。昨日は、嘘をついたであろう。お陰で、奴を見逃してしまった」

「どう見ても、おまえらの方が悪党に見えたものでな」

「このやろう」

「訳を聞こう。何故、その女を斬り、その子を攫おうとしたのだ」

「うるさい、黙れ。食らえ！」

浪人たちは立ち上がって、一斉に駿之介に斬りかかってきた。やむなく抜刀した駿之介は、先頭の浪人の手首を斬り、その後ろから来た浪人ふたりの髷《まげ》を吹っ飛ばした。さらに背後から斬り込んでくる浪人ふたりの耳を斬り落とし、最後の兄貴格の者はバッサリと腕を斬り落とした。

激しく鮮血が飛び、前髪立ちの男の子の顔にも血飛沫《しぶき》がかかった。

浪人たちは悲鳴を上げながら、その場でのたうち廻り、耳や髷を斬られたものは

這々《ほうほう》の体で逃げ出した。

一瞬のうちに修羅場と化した町角に、野次馬たちが恐々と遠巻きに見ている。

倒れた母親は背中をばっさり斬られて、虫の息である。口を開けて何か言おうとしているが、言葉にはならない。

騒ぎに駆けつけてきた浴衣姿のままの金作に、

「おい。町医者を呼べ。早く！」

と命じた。金作はすぐさま旅籠に戻って、近場の町医者は何処か尋ねた。

前髪立ちの男の子は、顔に飛びちった血を拭うこともせず、じっと棒立ちで目の前の惨劇を見ていた。

通りの向こうから、役人らしき者たちが数人駆けつけてくるのが見える。すると、野次馬の中から、鳥追いが飛び出してきた。ゆうべ、駿之介の部屋を見ていた女だ。

「さあ。こちらへ……」

鳥追いは問答無用という感じで、男の子の手を引き、駿之介にも促した。

「この女の方は、連れの中間にお任せして、早く。役人に捕まると、ややこしゅうございまする。さあ、早く」

だが、駿之介は女を抱えたまま動かず、

「何者だ、おまえは。昨夜も見張っていたようだが、俺に惚れておるのか？　俺もけっこう好みかもしれぬ」

「──殿の……熊本藩主の手の者です」

「なんだと」

「詳しくは後で、さあ、急いで」

「藩主の手の者ならば、逃げることはあるまい。役人にきちんと説明せよ」

「あの役人は偽物です。さ、急いで」

もう待つことはできぬとばかりに、鳥追いは男の子の手を引いて、一方へ駆け出し路地に消えた。駿之介は「誰か、この女を頼む」と言い捨てて、鳥追いが逃げた方に駆けて行くのだった。

入れ違いに金作が戻ってきた。

「若殿！　何をやってんだよ。まったく……だから、余計なことに首を突っ込むなと言ったでしょうが」

と言いながらも、武家女をしっかり抱え上げたのだった。

すっかり朝日が高くなって、熊本城は燦々《さんさん》と照らされていたが、その足下で不穏な動きが起こっているとは、聳える天守もまだ気付いていないようであった。

第二話　殿様ご乱行

一

相撲取りのような巨漢が、一枚の人相書を持って、通り行く人々に見せながら、

「俺は元勧進相撲の力士、阿蘇嶽《あそだけ》という者だ。この子供を見かけなかったか、見た者はおらぬか。母子連れなのだ」

と声をかけていた。

駿之介が助けた子供と同じ、前髪立ちの男子である。

誰よりも首ひとつ、いや首ふたつ大きくて、着物の袖や裾の端から見える腕や足は、大木のように太い。巨漢の男は威圧感があるので、誰も近づこうとはしなかった。

「知らぬか……肥後に向かったと風の噂に聞いて来たのだ。俺は筑前、筑後を探し廻

って、もうへとへとだ」

必死に訴えたが、誰も首を振って通り過ぎるだけだった。

「いやいや参った……かれこれ一月は歩いてる。相撲の稽古でも、こんなにきつくはなかったぞ、とほほ」

大きな体のくせに情けない声が洩れた。

そのとき、背後に人の気配がした。そこには編笠の侍がいて、今にも刀を抜きそうに見えた。振り返った阿蘇嶽はとっさに鉄砲で突き飛ばそうとしたが、編笠はかろうじて躱《かわ》して、「待て、待て」と両手を挙げた。

「慌てるな。その子供の顔なら、どこぞで見たことがある気がする」

「なんだと。本当か」

「さよう。それにしても、巨漢ながらなかなかの体捌き。相撲の腕も上等と見た」

「いやいや。勧進相撲では十両にも上がれなかった。そんなことより、どこで見たのだ、この子を……」

「熊本城下で、たしかに」

編笠を取ると、穏やかで思慮深げな表情をしているが——かの松井監物の腹心、田代兵部であった。

「拙者、熊本藩家老・松井監物が家臣、田代兵部と申すもの」
「熊本藩の……か、家老の……」
「その子供の行方を探す手伝いをしたい。ま、それはそれとして、そこもとの腕を見込んで、吉田司家《よしだつかさけ》に紹介するとしよう」

吉田司家とは、公家の五条家から伝わる相撲の御家元である。吉田豊後守から始まった相撲の宗家として、鎌倉時代の節会《せちえ》相撲の〝行司〟として仕えていた。織田信長《おだのぶなが》、豊臣秀吉、徳川家康などにも招かれて上覧相撲を奉仕したほどだ。

その後、熊本藩主三代目・細川綱利《つなとし》に招聘《しょうへい》された。相撲《おすもう》町高田原に屋敷と相撲道場を構え、「御手木《おてこ》組」を創設して、相撲の発展や普及に尽力した。初めは二十石五人扶持《ぶち》だったが、やがて家禄は百五十石となる。後の世に、将軍家の上覧試合で、谷風《たにかぜ》や小野川《おのがわ》に〝横綱〟の免許を与える立場となる。

当時、関取は武士の身分である。吉田司家に仕えるということは、熊本藩の家臣になることに他ならない。力士としての器量をどれだけ伸ばせるかは分からないが、阿蘇嶽としては、こんな人探しよりも、

——こりゃ、運が向いてきたぞ。

と感じていた。

しかも、熊本藩の家老と知り合えるかもしれないのだ。田代は、まずは色々と話をしたいと、自分の屋敷に誘うのであった。

松井監物は熊本藩の家老でありながら、八代城の城主。よって、田代は八代城の家老であったから、熊本城下の薩摩往還沿いに、屋敷を拝領していた。

立派な屋敷の広間に通された阿蘇嶽は、そこから熊本城が見上げられることに、いたく感銘していた。

「人探しで下ばかり見ていたが、やはり日の本一の城と言われるだけのことはあるなあ。いやあ、お見事、お見事」

阿蘇嶽が喜ぶと、田代は酒を勧めながら、

「早速、使いを出して、吉田司家と話をしよう。四股名《しこな》は、肥後の力士に相応しい阿蘇嶽のままでよかろう」

「それは嬉しい。なんか噴出しそうな勢いですな」

ふたりは意気投合したように大笑いをした。

「して、先程の人相書の子供は一体、誰なのですかな」

「実は、豊前《ぶぜん》国小倉藩の支藩である、小倉新田《しんでん》藩の若君、満丸《みつまる》君なのです。なぜか、もう三月も行方知れずらしく」

小倉藩は熊本藩とは縁が深い。関ヶ原の戦いで、細川忠興《ただおき》は東軍に属して勝利し、豊前一国と豊後国国東《くにさき》郡など四十万石ほどの大名となり、小倉藩を打ち立てた。直ちに立派な城郭と城下町を造ったが、二代目忠利の折、加藤忠広が改易されたことは前にも書いた。その後を受けて、熊本藩に入封したのである。

その後の小倉藩は、播磨《はりま》国明石《あかし》藩から小笠原忠真《おがさわらただざね》が移封してきて、十五万石となったが、二代目・忠雄《ただかつ》の治世に、弟の真方《さねかた》が小倉新田藩一万石を打ち立てた。が、継嗣問題が複雑に絡まって、小倉藩、小倉新田藩、そして、もうひとつの支藩である安志《あんじ》藩の〝小笠原三家〟が養子縁組などを繰り返していた。

「満丸君は、小倉新田藩を継承する予定だったのですが、母方は細川家の家系とか……なので、細川の御本家筋も、小倉新田藩を継ぐのをためらっているとかで……」

「そこもとは、小倉新田藩のご家中の者であったか」

「いえ、とんでもない。元力士とはいえ、ただの浪人暮らしでございます。ただ、小倉新田藩は、ご存じとは思いますが、参勤交代のない、藩主が江戸定府の藩。私は、藩主の中間というか用心棒みたいなことをしたのが縁で、こうして……見つけた暁には、それなりの報酬を得るはずでしたが、もう路銀も空穴《からけつ》でして」

「さようだったか。それは、ご苦労でしたな」

田代は労《ねぎら》いの言葉をかけたが、阿蘇嶽という巨漢は、本当に人相書の子を見たのかと、改めて田代に問いかけた。

「たしかに。家来に、城下を隈無く探させてみよう」

「何もかも、ありがたきこと……で、俺に手を貸して欲しいこととは」

阿蘇嶽が聞き返すと、田代は用心深そうに頷いて、

「他言無用を守っていただけるかな」

「もちろんでござる」

「ならば……恥を忍んで話すが、実は、我が藩……といっても八代藩ではなく、熊本藩の当主・細川宣紀《のぶのり》公は、密かに謀反を……幕府転覆を企てておるのだ」

「ええ？　細川の殿様が謀反を！」

「シッ——声が大きゅうござる」

「これは申し訳ない……体も大きければ声の方も生まれつき……しかし、せっかく仕官の芽があった細川の殿様が謀反じゃ、俺はやっぱり運がないのう」

がっかりして肩を落とす阿蘇嶽に、田代は取りなすように言った。

「本当に謀反などされては、困るのは家中の者と領民たちでござる」

「でしょうな……熊本五十四万石が謀反などとは……こりゃ、まことえらいことだ」

「さよう。熊本藩をたったひとりの殿様の乱行のために、改易されては困る。だからこそ、細川の殿様を押込《おしこめ》にし、当面は、私の主君である八代城主であり、熊本藩の筆頭家老である松井監物様を、藩主の代わりにするしかないと思うておるところだ」

「松井監物様……なんか聞いたことある」

「私はかねてより、宣紀公の動向を探っていたのだが、実に怪しい動きばかりでな……」

細川宣紀は、熊本藩四代目藩主である。従兄弟《いとこ》にあたる本家の吉利《よしとし》が早逝したため、三代目・綱利の養子となって、藩主を継いだのである。分家からの思わぬ〝栄転〟であった。

だが、宣紀の治世は決して、順風満帆ではなく、むしろ旱魃《かんばつ》や飢饉《ききん》に苦しめられ通しだった。地震や豪雨に見舞われたかと思えば、蝗《いなご》の大群によって大凶作となり、領内に数千人の餓死者が出た。それに追い打ちをかけるかのように、幕府からは利根川《とねがわ》の普請のために十五万両もの負担をさせられた。

もはや熊本藩の財政は、破綻しているも同然だった。宣紀は莫大な数の藩札を摺《す》ったが、これは焼け石に水で、紙切れ同然になった藩札の弁済をするだけでも、五十四万石が吹き飛ぶくらいの負債となっていた。

「宣紀公が苦しんだことは、身共《みども》もよく分かっておる。飢饉に喘《あえ》いでるところに、十五万両もの御手伝普請とは、幕府を恨みたくなる気持ちも分かる……だが、謀反などとは、あってはならぬこと。ここは辛抱の一手なのです」

「謀反を画策しているという証などは、あるのですかな」

阿蘇嶽は関取らしからぬ口調になって、問いかけた。ほんの一瞬、田代の目がギラリと光ったが、小さく頷いて、傍らの手文庫から一枚の文書を取り出した。その分厚い程村紙《ほどむらがみ》には、

『……いよいよ窮状が厳しくなり、諸国の情勢は悉く《ことごと》悪化し候。かくして、我らが各藩が同盟を結び、徳川幕府に対して決起せんとするものに御座候。熊本藩藩主・細川宣紀（花押）』

と達筆で書き記されており、その後には、

――筑前の福岡藩、秋月《あきづき》藩、筑後の久留米《くるめ》藩、柳川《やながわ》藩、豊後の臼杵《うすき》藩、日出《ひじ》藩、佐《さ》伯《いき》藩、森藩、岡藩、日向の飫肥《おび》藩、高鍋藩、佐土原《さどわら》藩、肥前の佐賀藩、平戸《ひらど》藩、大村藩、鹿島《かしま》藩、五島《ごとう》藩、小城《おぎ》藩、蓮池《はすのいけ》藩、平戸新田藩、肥後の人吉《ひとよし》藩、熊本新田藩、宇土藩……の藩主の署名と花押が、ずらりと並んでいる。

「これは、討幕の決起を誓った連判状だ……宣紀公の密偵から奪ったもので、松井監

物様の命で、身共が預かっている」

　錚々《そうそう》たる藩主の名前が連なっているのを見るのは、なんとも高揚する。さすがに、阿蘇嶽の大きな体も震えた。

「見てのとおり、九州の錚々たる大名ばかりである。しかも、外様だけだ。署名がないのは、譜代の豊前小倉藩や中津藩、豊後の府内藩、日向延岡《のべおか》藩、肥前唐津藩ら……そして、外様でも、鹿児島藩の島津家だけは署名をしておらぬ……いずれも徳川家の顔色を窺《うかが》ってのことだろう」

「いや、しかし、これだけの大名が対立したとなれば、まさに九州で関ヶ原の再来、ということになりますな」

「さよう……このようなものが世に流れたりすれば、それこそ幕府軍が、総大将である細川家の本拠地、熊本城に押しかけて来るであろう」

　田代もまた打ち震える身で答えると、阿蘇嶽は驚愕《きようがく》の顔で、

「だが、これだけの数の外様が打ち揃《そろ》って幕府に槍や鉄砲を向けたら、泰平の世が乱れてしまう。九州中、いや国中の民百姓が塗炭の苦しみを味わうことになりましょうぞ」

「だからこそ、殿を許せぬのだ」

強い口調で、田代は拳を握りしめた。

「身共とて、肥後熊本の武士。幕府に対する恨みは分かる。だが、殿様はその遺恨を晴らさんがために、国中を血の海にするつもりなのだ。そして、天災飢饉に対する無為無策を、戦にして誤魔化そうとしているのだ！」

「うぬ……まったく、困った大馬鹿の殿様だな……」

阿蘇嶽は言いかけて口ごもった。

「でも、田代様……細川の殿様は、あなたにとっても主君のはずでは？　逆らってよろしいのですかな」

「逆命利君……という言葉がある」

「なんですか、そりゃ」

「命に逆らいて君を利する、之《これ》を忠と謂《い》う……漢の劉向《りゅうこう》という賢人が言うたことだが、主君の命令に逆らってでも、正しいことを進言することこそが、まことの忠義であるということだ」

「なるほど……」

「細川家は、かの〝赤穂浪士《あこう》〟の事件の折に、忠臣・大石内蔵助《おおいしくらのすけ》を預かった家柄であるのに、殿は忠義のかけらもない」

田代は自分で頷きながら、阿蘇嶽に力説した。

「我が八代城の松井家は、代々、細川家の忠臣でござる。だからこそ、藩主の横暴を糾《ただ》す役目があるのです。たとえ、当代の藩主に背くことになろうとも、細川の御家存続のためには、一身を投げ出す立場なのです」

「まさに武士道でござるな」

「松井監物様は、此度の騒動のすべてを内分に処したいのだが、宣紀公はもはや〝乱心〟に近く、大目付や公儀隠密、巡見使などを恐れるあまり、見知らぬ者は片っ端から殺せと家来に命じております」

「そんな馬鹿な……」

「ゆえに、殿の一派の動きを押さえるために、働いて貰いたいのだ」

「この俺にそんなことができるかな……」

「できる。実は、細川家べったりの吉田司家が、宣紀公の密偵として城下内外を探索している。おぬしには、相撲取りとして、接近して貰いたいのだ」

「いや、荷が重いな……」

「まずは月に十両、払おう。相撲取りならば、まさしく一端《いっぱし》の関取の証だろう。そして、事態が片付いた暁には、新たな熊本藩の家臣とする。必ず約束は果たす。如何かな」

「これは……いやあ、実にありがたい！」

三方《さんぼう》に載せて出された十両を見て、阿蘇嶽は喉をゴクリと鳴らした。

「──ま、とにかく、今日は旅の疲れもあろうから、温泉芸者でも呼んで、ゆっくりと寛《くつろ》げばよろしかろう」

と田代は、穏やかな表情で笑った。

二

駿之介は、古城と呼ばれる加藤清正公による築城以前の「隈本城」があった辺りの札《ふだ》の辻《つじ》にいた。文字通り、藩の高札場がある所だが、その先の船場橋《せんばばし》近くの町屋である。

ここは、井沢蟠龍子《いざわばんりゅうし》という学者が、寺子屋代わりにしている所である。

肥後藩士で、『士道訓』を著した関口流居合術の達人として知られていたが、国学者としての評判も高く『広益俗説弁』や『大和女訓』、『神道訓』などの啓蒙書《けいもうしょ》を沢山、書いている。また、元禄時代から享保年間にかけて、『肥後国史』や『肥後地誌略』

という、いわば郷土史の編纂《へんさん》を手がけていた。

とうに還暦を過ぎた老人だが、元来、朗らかなのか、見るからに好々爺《こうこうや》だった。

通りがかりの鳥追いに誘《いざな》われるままに、駿之介は来たのだ。が、金作が、斬られた武家女を担ぎ込んだのが、蟠龍子の隣家の医者の診療所だった。長谷川《はせがわ》順庵《じゅんあん》という藩医であり、外科を心得ているという。

そこには、薬棚や外科用の鉗子《かんし》だの小刀だのが並んでいたが、順庵はすでに息絶えている武家女には、施す術《すべ》はなかったと話した。白い布を顔に被《かぶ》せられている武家女の枕元には、線香が焚《た》かれていた。

「――子供が助かっただけでも、女は成仏できるのではあるまいか」

順庵は深々と頭を下げた。武家女を荼毘《だび》に付すのは僧侶の役目になるが、順庵が手を貸してくれると約束した。

隣の蟠龍子の家では、前髪立ちの男の子が沈痛な面持ちで座っていたが、ずっと沈黙したままだった。

すでに、鳥追い女の姿はなく、駿之介は蟠龍子と向かい合っていた。

「ここに連れて来てくれた、あの鳥追い女は何者なのです。男をそそる艶っぽさがプンプンしてたけれど、只者《ただもの》ではありますまい」

駿之介が訊《き》いても、蟠龍子も知らないというだけであった。隣家の順庵は御殿医だというが、城下のこの界隈《かいわい》には御用学者や御用絵師などが棟を寄せ合うように暮らしているという。つまり、肥後文化の中心地という所か。

「知らないって……わざわざここに連れて来たのですぞ、あの女は。城下はたしかに何かを警戒しているのを感じましたが、何かあるのですか」

「私は一学者だがね……まあ、熊本城中では何かが蠢《うごめ》いている……それしか分からぬ」

「──襲った浪人は、その子を連れ去ろうとしました。ただの追い剝ぎの類ではないと思いますがね。それとも……」

　前髪立ちの男の子を、駿之介は見て、

「何か心当たりはないのか」

「…………」

「残念ながら、連れの女は亡くなった。おまえを庇《かば》って斬られたのだ……母親ではないのか」

　男の子は感情を失ったかのように、黙ったままである。

「名は何というのだ」

「…………」

「住まいはどこなのだ。身内の者も心配しているであろう。姿形からして、おまえも武家の子であろう。違うか」

男の子は弱々しく首を振るだけで、何も答えなかった。その目は虚《うつ》ろで、心ここにあらずであった。

「もしかして、何も覚えていないのか。浪人たちに襲われたことも……自分のことも」

駿之介が訊くと、男の子は小さく頷いた。その悲痛な表情を見て取った蟠龍子は、

「母親かどうかは分からぬが、道中を共にしたのだから親しい仲であろう。怖い目に遭った衝撃で、こうなったのかもな」

と言った。

男の子はやはり気弱そうな目で、じっと虚空を見つめているだけであった。

「大丈夫だ。すぐに思い出す。焦りは禁物だぞ」

蟠龍子はそう声をかけた。寺子屋もしているから、この年頃の子供の相手はお手の物なのだろうか、まったく関わりのないことを話し始めた。それは、この地に伝わる短い伝説とか民話の類であった。

願いが限られる日切《ひぎり》地蔵、領内に異変があれば汗を掻《か》く地蔵、太鼓や鐘でびっくりさせる地蔵、火事で焼け残った天神様、あるいは味噌《みそ》を腐らせない天神様……など、この地の神仏に対する信仰の篤《あつ》さを物語るものだった。

勇ましい武士や相撲取りの話もあった。そんな中で、「西岸寺《さいがんじ》河原の仇討《あだう》ち」という武家の話をした。これも、世継宮《よつぎぐう》に由来する子育て地蔵という説話から始まるが、この西岸寺の前を流れる白川の対岸には、牢屋敷や刑場がある。処刑の際には、慶長年間から、この寺の住職が読経し、〝引導の鐘〟を鳴らしていたという。

「――寛永の昔、小田原藩・江戸屋敷の家臣に、岩井善右衛門《いわいぜんえもん》と赤松久之丞《あかまつひさのじょう》という竹馬の友がおったが、なんでか、ふたりともお役御免となったと。ばってん、仲が良かったふたりは、『どっちか早く出世した方が、手を差し伸べるようにしようぞ』と誓い合って旅に出たと」

岩井は剣術の腕前を活《い》かして、福岡で仕官できたが、赤松は浪々の身が続いた。そこで、赤松は恥を忍んで我が子を岩井に委ねた。もちろん、岩井は喜んで、赤松の子・源次郎《げんじろう》を自分の子と分け隔てなく育てた。そして、ついにはお城の小姓にさせたのである。

「だが、この源次郎、生まれつき気が短くて荒いのか、城中で他の小姓と大喧嘩《おおげんか》をしたとじゃ……せっかくの仕官がパアになってしもうた。養父の岩井は厳しく叱りつけたばってんが、この源次郎、育てて貰った恩も忘れて、説教した養父まで斬り殺して、雲隠れしてしもうた」

そこまで聞いていた前髪立ちの男の顔に、俄に苦痛の色が広がった。斬り殺したと言う言葉に、目の前で起きた惨劇を思い出したのか、それとも似たような経験があるのか。駿之介は、その様子が気になった。

「岩井の息子・半之丞《はんのじょう》は、実父を斬り殺された仇討ちをするため、下男の万助《まんすけ》とともに、源次郎を探す旅に出たと……三年を経て、源次郎の実父を探し出したとじゃが、その赤松も知らなかったと。息子の不忠不実を詫《わ》びて、赤松は切腹したとよ」

人殺しを目の当たりにしたばかりの子供に、かような話をするとは、蟠龍子はよほどの変人か、それとも何か深い思惑でもあるのかと、駿之介は考えていた。

「その赤松宛に、肥後熊本の森山弾正《もりやまだんじょう》という者から文が届いていたとじゃが、それこそが名を変えて、細川家に仕官していた源次郎だったとよ……半之丞はすぐさま肥後まで来て、そこの西岸寺近くまで来たが、旅の疲れで倒れた上に、追い剝ぎ同然の目に遭って、死んでしもうたと」

「…………」

「ばってん、少し遅れてきた万助と、半之丞の弟の善次郎《ぜんじろう》が、熊本藩に申し出て、正式な仇討ち免状を貰った。源次郎の方は、人殺しの上に偽名を使っていたことで、藩からお咎《とが》めがあり、二百叩《たた》きの刑に処せられた。その直後……白装束に身を包んだ善次郎と万助は、西岸寺河原で、岩井善右衛門の仇を見事、討ったとじゃ」

蟠龍子は語り終えてから、静かに言った。

「どんな悪事を働いても、必ずや天は、善き人の味方をする。もし、源次郎が細川の家臣であり続けたとしたら、いずれ災いをもたらしていたであろう」

死んだ武家女の仇討ちをしろと言っているようにも聞こえた。だが、前髪立ちの男の子は疲れ切った表情のままであった。

この顔はまさに、阿蘇嶽が探していた人相書の子供である。

その夜――。

阿蘇嶽は、ここに目当ての男の子がいるとは知らずに、さほど離れていない二本木の大きな料亭に芸者を呼んで、飲めや歌えの大騒ぎをしていた。もちろん、遊興費は田代持ちで、旅の疲れなど忘れたかのようだ。

平安の昔から、肥後の国府が置かれていたこの地は、〝四神に守られた都〟と言われていた。北には北岡、花岡山、万日山、東には白川、南には白坪や城南などの平野、西には白川河口が広がり、平安京のようだった。この肥後の中心地であった二本木には、後に七代藩主の正室である謡台院《ようだいいん》が住み、二本木御殿と呼ばれた。

そこが遊郭になったのは遥か時代を下って、西南戦争の後、明治になってからのことである。それまでは、熊本城下の京町を中心に散在していた。二本木には遊郭が七十三軒、娼妓《しょうぎ》が六百数十人もおり、そのうち「東雲楼」という遊郭は数千坪の敷地があったという。

むろん、阿蘇嶽が遊んでいるのは、それとは比べるべくもない所だが、古来、繁華な場所であった。体も大きいから酒の量も多い。調子に乗って、大騒ぎしていた。

上座では、田代も酒を飲んでおり、傍らには家臣が数人、居並んでいた。

だが、どう見ても、何か企んでいる雰囲気である。阿蘇嶽以外は楽しんでいる風情がないからだ。

舞台では、年配芸者の三味線に合わせて、黒い着物に桔梗《ききょう》柄の若い芸者が、歯切れの良さと妖艶さを交えた歌と踊りを披露していた。この芸者、実は、かの鳥追い女である。その色っぽい姿を凝視していた田代は、ひとしきり舞い終えた若い芸者に声をかけた。

「見事じゃのう……あまり見かけぬ顔だが、名は何という」

「はい。夢路《ゆめじ》と申します。初めて伺いました。これからも、ご贔屓《ひいき》にお願い致します」

「そうか。杯を取らす。ほら」

田代はいきなり、自分の杯を勢いよく投げつけた。それを、夢路は一瞬にして身構えると、杯をパンと弾《はじ》いて空中で回転させ、それを掌《てのひら》で受け止めた。そして、何事もなかったかのように笑顔を田代に向けて、

「ありがたく戴《いただ》きます」

と杯を差し出して酌を受けた。ぐいっと飲み干した夢路は、杯洗いで洗って返した。

「いい飲みっぷりだ。熊本の女は、美人で男を立てて、働き者が多いとか。おまえはまさに、そのとおりだな」

「お武家様も、〝肥後もっこす〟でございましょう。俠気《おとこぎ》があって、曲がったことが大嫌い。筋の通らぬことには、どげんしてでも、真《ま》っ直《す》ぐにするとでしょ？」

「ふはは。さよう。儂は卑怯《ひきょう》なことが、いっちょ好かんとじゃ。さあさあ、もうひと舞いやってくれんね」

嬉しそうに笑って田代が言うと、夢路は素直に頷いて、今度は少し滑稽な田楽舞をしてみせた。その踊る姿を見ながら、田代は家臣のひとりに耳打ちした。

「あの女、どうも匂う……殿の密偵かもしれぬ。目を離すなよ、児玉《こだま》」

児玉と呼ばれた家臣は、夢路の踊りを楽しんでいるふりをしながら頷いた。

その様子を何気なく見ていた阿蘇嶽は、

――よほど細川の殿様の動きが気になると見える……。

と思いながらも、名調子で箸で茶碗《ちゃわん》を叩きながら酔っ払ったふりをしていた。

三

すっかり夜が更けて、月影も淡く、座敷は宴もたけなわの頃、座敷を離れた夢路は少しよろめきながら、廊下に出て奥の部屋へ向かった。辺りを見廻してから、奥の座敷に入ると、その棚などを開けて何かを探し始めた。

そこに、先程、田代に耳打ちされた児玉が、足音も立てずに入って来て、ぬっと刀を背後から突きつけた。

「!?――」

ハッと気配を感じた夢路だが、すでに首根っこにひんやりとした切っ先が触れており、微動だにできなかった。

「何をしておる。ただの芸者ではあるまい」

「お店の中が広すぎて迷って……」

「何を探っておる」

児玉が刀に力を入れた次の瞬間、夢路は素早く離れ、棒手裏剣を投げた。それをまともに右肩に受けた児玉だが、「待て！」と叫びながら、追いかけようとした。

何事だと他の家臣たちが駆けつけてきたが、すでに夢路の姿はない。一斉に表に出ると、淡い月明かりの下を逃げていく芸者の後ろ姿が見えた。

その後を追いかけて来た家臣たちが、路地に駆け込むと、先頭の家臣がドンと何かにぶつかり、仰向けに倒れた。そこには巨漢の阿蘇嶽が立っていた。

すぐに身構えた児玉は腰の刀に手をあてがった。

「なんだ、貴様か。さっきの芸者が逃げてきたはずだが」

「挟み撃ちにしようと思って、俺も追ってきたのだが、幽霊のように消えた」

「消えた……？」

「ああ。座敷にいたときから、忍びのような身のこなしだったからな……この塀を跳び越えたのかもしれぬな」

阿蘇嶽だけでも手が届かぬ塀の高さを、軽々と飛んだとでも言いたげだ。その塀の向こうは、井沢蟠龍子の家である。

すぐさま、児玉はぐるりと廻って、玄関から訪ねたが、蟠龍子は首を傾げて、

「はて……芸者なんぞは来てませんぞ。ご執心の芸者がおいでか。この辺りには、置屋が幾つかあるが、うちは違いますぞ」

と答えた。そして、児玉の顔をしげしげと見て、

「おや、もしや、あなたは御家老・松井様の御家中のたしか……児玉様ではありませぬか」

蟠龍子が訊くと、児玉の方も今更ながらに気付いて、わずかに身を引いた。

「ああ、これは井沢蟠龍子先生のお宅でしたか……近頃、妙な輩《やから》がうろついているので、お気をつけ下さい」

「妙な輩……？」

「城下を嗅ぎ廻っている奴がいるのです。おそらく、公儀巡見使かと思われます」

「巡見使……」

「さよう。どうやら、お殿様の奇行の噂が公儀にも届いているのでしょう……蟠龍子先生は、藩の御用学者ゆえ、お殿様の信任も厚いので、心を痛めていると思われますが」

「殿がおかしな事をしてるとは思いませぬが、このところ、たしかに良い噂は聞きませぬな。何か城中に異変でもありましたかな」

「そういうわけではないが……領内の政事がうまくいっておらぬので、日頃から鬱々としておりましてな……我々も案じておるところなのです」

「さようでございましたか。近頃、お目にかかっておらぬので、一度、ご機嫌伺いに参りましょうかな」

「いや、それには及ばぬ。だが、巡見使にあらぬ疑いを持たれては困るのでな」

「そうでございますな……」

蟠龍子は先程から、児玉の後ろに控えている巨漢が気がかりで、

「その大きなお方は……？」

「え、ああ……阿蘇嶽といって、今度、吉田司家に推挙することになっておる。肥後の相撲を諸国に広めるためにな」

「なるほど。そうでしたか。真夜中まで、お勤めご苦労様です」

追い返すように蟠龍子が言ったとき、奥でガタンと音がした。すぐに児玉が反応して、鋭い目つきになった。

「誰かいるのか」

「ええ。客人がひとり……」

　言いかけた蟠龍子の背後から、ひょっこりと姿を現したのは、駿之介である。その姿を見るなり、児玉はアッと目を見張り、

「おまえは、あの時の……！」

　と思わず声を洩らしたが、駿之介はまったく覚えていない。実は、「城下は走ってはならぬ決まりがある」とぶつかった浪人たちを呼び止めたところを見ていた、あの家臣風のひとりだ。しかも、熊本城を念入りに見廻っていたことも、承知していた。

「あの時……？」

「いや。何でもない。ただ、城を執拗《しつよう》に調べておって、二の丸門番にも見咎められたはずだが……おぬしであろう」

　児玉が訝《いぶか》しげに訊くと、駿之介は素直に頷いて、

「いやはや。この顔が、そんなに知られてるとは、こっちが驚いた。だが、調べていたのには訳がある。怪しい者ではない」

　と言って、身許《みもと》を明かした。

　幕府から遣わされた〝御城奉行〟と聞いて、児玉は納得したわけではないが、これも巡見使の一味であると勘繰ったようだった。

「御城奉行などとは聞いたことがないが、何用で熊本くんだりまで」

「城造りのためだ。今、熊本藩の御家老の御家中と聞こえたが、ここでお目にかかれたのも他生の縁。どうか、お引き合わせ願えませぬかな、御家老に……いや、できれば殿様に」

「不躾《ぶしつけ》な奴だな」

「まあ、お聞き下され。拙者、隠し立てすることは何もござらぬし、咎人でもないので、逃げも隠れも致しませぬ」

駿之介は真っ正直に、江戸城天守の再建について話し、熊本城の中をじっくりと見たいと話した。もちろん、秘密にしておきたい所は隠していてもよい。特に、天守についいて、今後の江戸城建築の参考にしたいと伝えた。

「如何でございまするか。御家老に会うことはできませぬかな」

児玉はますます訝しげな目になった。

「――身共の一存では決めかねる。一応、話は伝えておくが……それよりも、殿様に会いたいのであれば、蟠龍子先生に頼んだ方が、早いかもしれませぬぞ」

「えっ。そうなので……？」

「何しろ、細川のお殿様には、大層、目をかけられておるゆえな」

児玉は皮肉を込めて言ったようだが、蟠龍子は気にする様子もなく、

「まあ、そんなことはおっしゃらず、児玉様のお力添えで、叶えて下され。私なんぞは、町場に暮らす一介の学者に過ぎませぬから」

と推挙した。

まさに〝行って来い〟の状況だが、仕方なく児玉は、駿之介をまずは田代に会わせることにした。もし、巡見使ならば接待攻めにして籠絡しようという魂胆もあった。

田代は怪しみながらも、駿之介を迎えたが、何か釈然としない態度だった。

「――まこと、御城奉行……でござるか」

「熊本の御方は、疑り深いですな」

駿之介は道中手形を見せた。それは、老中が発行したもので、〝天下御免〟のものである。だが、偽物かもしれぬと田代は疑っているようであった。

「そもそも、他国の城の様子を見るというのは、厳禁のはずだが……」

「厳禁とは大袈裟な。逆でござろう。公儀大目付が城の改築などをしていないか、大名に説明を請うたときには、きちんと見せなければ、却《かえ》って怪しいと疑われまするぞ。その上で、さらに怪しい動きがあれば、隠密裡《り》に探索している巡見使が探ることになります」

「…………」

「ですが、ご安心あれ。拙者にはさような特権はなにひとつない。ただただ、城が好きなだけでござる。ぜひ、お力添えを戴きたく、無理を言ってお願いに上がりました」

丁寧に本当のことを申し述べた駿之介だが、田代の方は納得していない。城とは見世物ではない。一国を治める藩主の居所であるとともに、藩政の政所《まんどころ》である。何千人もの役人が働いている所には、当然、機密事項もある。たとえ幕府の使者だとしても、おいそれと入れるわけにはいかぬ。

「申し訳ないが、一色殿……そこもとの願いは、身共では叶えられぬ。御家老の松井監物様でも無理でござろう。もっとも、御家老は八代城の城主であるから、そちらならば随意にできるがな」

「八代城の……？」

駿之介はその事実を知って、身を乗り出した。

「そうでござったか。それはそれで八代城も見てみたい。いや、実は海城には前々から興味がありましてな、江戸城も江戸湾に面した海城も同然。事実、日本橋川などは湾と繋がっており、その機能もある」

なんだか嬉しそうに語り始めた駿之介を見て、田代はシマッタという顔になった。それでも、駿之介は図々《ずうずう》しさを通り越して、まるで押しかけて来たような強引ぶりである。

「八代城は球磨川の支流である前川の河口に立地していて、徳渕之津《とくぶちのつ》という良港に面しているのですよね。西は八代海を経て宇土半島や天草、南には球磨川を通って、戦国の世には相良《さがら》氏が治めていた人吉や球磨に行ける。さらには、総構《そうがまえ》南側は薩摩往還から島津家の治める薩摩に……まさに水陸の拠点でござる。〝肥後に二城〟の例外は納得ですな」

「さよう。よく、知っておるな……そこまで知っておるとは……」

「また、そんな目で見る」

駿之介は親しみを込めた笑顔を返して、

「たしか、地震で倒壊した麦島《むぎしま》城の代わりに、後に改易になった加藤忠広が、城代の加藤正方《まさかた》に造らせた城で、改築ではなく、徳渕之津を挟んで北側の松江に、新しく造ったのが八代城。この城は、天草・島原の乱の折にも活躍した城だし、その後も異国船を見張る〝遠見番所《とおみばんしょ》〟の役目もある。いやいや、まこと行ってみたい。石垣も、熊本城に負けぬような〝武者返し〟に積まれているとか」

「そこもとが思うほど立派な城ではない。熊本城を見上げれば、陣屋同然のもの。行くだけ無駄でござる」

「それでも、見てみたいなあ……」

子供のように言う駿之介を見て、田代は惚《とぼ》けているのか本気なのか分からなかった。ただ、油断ならぬ人物とは感じていた。

たまさかとはいえ、細川家の当主が一番信頼している蟠龍子の所に身を寄せているのだから、いつ何時、藩主と通じるか分かったものではない。田代としては警戒しておくべき人物であった。言動から見ても、

——こいつこそが、巡見使であろう。

と確信していた。

しかし、頑《かたく》なに拒否し続けても、幕府の旗本であるのが事実であれば、禍根を残すことになる。田代は、松井に相談の上、八代城に案内してやることにした。そして、万が一、妙な動きがあれば、城中で殺してもよいと、松井から許しを貰ったのである。

「秘密を知ったから殺される、山伏みたいにはしないで下されよ。なに、城の周りを見てたら、そんな昔話も聞きました。あはは」

あくまでも屈託のない駿之介に、田代は警戒し続けていた。

四

熊本城下から八代城まで行くには、健脚でも丸一日かかる。思いたったが吉日で、駿之介は児玉に伴われて城見物と洒落《しゃれ》込んだ。

だが、駿之介が感じたのは、八代城下が異様なほど物々しい雰囲気だったことだ。熊本城同様に、かつては大天守と小天守が並んでいたそうだが、大天守は寛文年間に火事で焼失し、再建されていない。濠の外には平城らしく、碁盤目のように整然と武家屋敷が取り囲んでいる。そのいずれの屋敷の前にも、槍を持った番兵が立っており、熊本のように広くはない城下町には、役人が巡廻《じゅんかい》している。

「何か、あったのですか。随分と役人が出てますが」

駿之介が訊くと、児玉は、いつものことだと答えた。ただの城下町ではなく、薩摩に睨みを利かしているためだという。これは、熊本藩からの命令だけではなく、幕府からの要望でもあると付け足した。同様に、日向と薩摩の国境も警戒は厳しいという。

「なるほど……そういうお国の事情があるのですな」

それにしても異常なほどの警固だと、駿之介は感じていた。

幕府は正保《しょうほう》年間に、諸大名に対して、城絵図を提出させている。それには城内の本丸、二の丸、三の丸、北の丸などの大きさや間数《けんすう》、石垣の高さ、町割の地図や小路の間数、武家屋敷から登城までの道順までもが記されていた。かくも幕府は大名の城下を監視していたのである。

その地図と実体とを比べるために、大目付や巡見使が訪れることはよくあった。だが、薩摩に睨みを利かせるための八代城は、幕府の〝お墨付き〟であるから、城の内外を問わず、多少の食い違いがあっても大目に見ていたのであろう。

城の北西には小天守、北東隅には埋《うずみ》御門、本丸東側に頬当《ほほあて》御門、本丸御殿には能舞台が設えられている。二の丸には侍屋敷や番所、三の丸の冠木《かぶき》門や松木口《まつきぐち》などの並びは一般的であるが、小天守から眺めると、特に城東と城南に町屋が広がっているのがよく分かる。その向こうには前川が自然の濠となっている、完全な城砦《じょうさい》である。

「――おや……」

小天守から見えた川沿いに、測量隊の姿が見えた。作業をしているのかどうかは分からぬが、徳川家の家紋の旗を靡《なび》かせているから、明らかに公儀が派遣したものであろう。

吉宗は将軍になってすぐ沿岸地図の作成に取りかかっていた。当時は、規矩《きく》術とか量地術と呼んでいたが、改暦と同様、為政者にとっては重要な国家事業であった。

建部賢弘《たてべかたひろ》が主導して、『日本総図』を完成させようとしていた。建部賢弘とは、吉宗の留守居役であるが、和算学の大家・関孝和《せきたかかず》の弟子でもあった。建部は齢《よわい》六十を超えても諸国に出向くほどの健脚ぶりだった。

駿之介が不思議そうに眺めていると、田代は忌々しげに、

「あれも、公儀隠密でしょうかな……」

と呟いた。

「熊本城下でも、巡見使や隠密を気にしているようだったが、そんなに細川の殿様には、公儀から腹を探られて困るようなことがあるのですかな」

すぐさま駿之介が返すと、田代は誤魔化すように顔を背けたが、

「正真正銘、私は隠密でも何でもない。本当にただ城造りについて知りたいだけだ。この城の縄張りも非常に役に立ちそうだが、私の〝特命〟は天守の再建で……この城の天守も江戸城同様、焼失したのは残念ですな」

「――さようですな……」

まだ疑り深い顔をしていたが、田代はなぜか、

「天守は焼失したが、城の絵図面は残っておるのだ……」

と言った。

「え、まこと残ってるのですか。江戸城のも残っておるのですが、どこまで正しいかは分からず、大工棟梁《とうりょう》でも正確に復元することは難しいとのことなのです」

「この城のは、時の家老が本丸御殿から、持ち出していたのだ。よければ、ご覧になりますかな」

「いや、これは願ってもないこと」

すぐさま出してくれた絵図面は、写しであるようだが、小天守と同じ、いわゆる層塔型の五層の立派な大天守であった。天守を築くことを上げるというが、まさしく聳えるようなものだったと窺《うかが》える。

そもそも天守とは、大型の櫓に高級な書院造りを施したものだった。織田信長が造った安土《あづち》城の「天主」が大きなものの最初である。その後、天守、殿主、殿守などと記されても、読みは「てんしゅ」であった。幕末には、「天守閣」と呼ぶ習慣になり、現代も続いているが、畳敷きではなく、高級な建物でもないので、「閣」を取ったとの説もある。

とはいえ、やはり天守は城の象徴である。天守の大きさが、大名の規模の大きさも示している。泰平の時代だからこそ、天守の意義があるともいえる。

望楼型は古くて、層塔型は新しいと言えるが、この八代城は正確な四角の天守台の上に、正方形の一階を築いている。歪んだ複雑な地形には、望楼型しか建てることができないが、この八代の地は、層塔型こそが相応《ふさわ》しかった。

ちなみに、望楼型や層塔型というのは後世の学術用語である。望楼型は初期に造られた天守に多く見られる、〝入母屋屋根〟を持つ居館に望楼を載せた形のもの。層塔型は下層から上層まで平たい箱を積み上げたような造りであるから、小振りな破風に〝寄棟屋根《よせむね》〟だ。ゆえに、望楼型は「物見」とか「入母屋」と呼ばれ、層塔は「新天守」とか「寄棟」と言われていた。が、ここでは望楼型と層塔型と記しておく。

天守は、天守台という石垣の上にある。よって、本丸御殿から上がるためには、一旦、天守台の地中から入り、内部から階段で登る仕組みとなる。この地中のことを〝穴蔵〟と呼ぶが、これを築かない場合は、天守台の外に〝付櫓《つけやぐら》〟を築いて、そこから天守の一階に入れるようにした。

「この城は、なかなか大きな〝穴蔵〟があったようだが、防備するにも優れてますな。江戸城は地下蔵はあるのだが、一階に石段で直《じか》に上がることになっているため、籠城するには不利ということになるか……」

駿之介がぼやくように言うと、田代は苦笑して、

「もし江戸城に天守があって、そこに攻め入るとなれば、それこそ江戸市中がすべて敵に押さえられているということですな。それは、考えられないことだ」

と、何だか嬉しそうに語った。

どうやら、この田代、気難しそうで、松井の忠犬のような男だったが、意外と〝城好き〟かもしれぬと、駿之介は感じた。案の定、勝手に話し出した。

「一色殿が言うたとおり、層塔型の城が警固に強いのは、上階を下階より、少しずつ小さくして積み上げることで、城の歪みも少なくしているためだ。むろん、層塔型も最上階は〝物見〟と言うが、実は築城するのは、非常に難しい。下が歪むと上も歪むからだ」

「たしかに、望楼型は修正が利くと言われてますが、逆に言うと、どんなに歪んだ土地の上でも建てられる。よって、一階はいびつに歪んだ形になったり、傾いたりするが、天守の中に正確な四角形の〝身舎《もや》〟を取ることで、修正する。これは、寝殿造りの応用で、いわば建物の心棒をしっかりと造るということですよね」

ますます舌が廻ってくる駿之介に、負けじとばかりに田代も言ってくる。

「庇《ひさし》がこの中心から四方に差し出されるから、棟木と軒桁《のきげた》の間にある垂木《たるき》を受ける横木も、相当に丈夫なものを設えなければいけない」

「そうそう。それに比べて、層塔型は奥行きや間口をきちんと取ることができ、形も機能も豊かにできる」

「だがね、一色殿……望楼型は一階のいびつな形こそが面白い。しぜんにできる武者走りなどは、籠城の折に敵を攪乱《かくらん》し、弓や鉄砲を使って攻撃してくる相手を御しやすい。それゆえ、江戸城の天守ならば、望楼型がおすすめですな」

「おやおや。先ほどは、江戸城に籠城するようなことは、決してないようなことを話されたが、天守への籠城を考えた方がよろしいかな。天守台はあるのだが、おそらく層塔型を想定したものだと思われるのだがね」

「いや、そうではなく、どうせ攻撃されないのだから、熊本城のように望楼型で古風なものの方が、格好がいいと思いましてな」

「ええ。しかし元々、江戸城は層塔型でしてな、大型の城は、名古屋城も再建された大坂城もそうだから、層塔型の方がよいかと……」

「いやいや、姫路城は望楼型だからこそ、威厳があって見栄えもする。かつての大坂城もそうであったしな……広島城、彦根《ひこね》城、犬山城、米子《よなご》城、萩《はぎ》城、松江城……いずれも風格があるではないか」

「たしかに、俺もそっちが好みだが……寛永の江戸城を再建するとなると、層塔型ゆえな……いやはや困った」

「まこと、困りましたな……」

ふたりして腕組みして、八代城の絵図面を覗き込み、真剣に悩んでいた。しばらく、唸《うな》っていたが、お互いなんだかおかしくなって、顔を見合わせて、大笑いした。

「城のことを考えていると、時が経つのも忘れる。いや、実に楽しいですな」

駿之介が言うと、田代も大きく頷きながら、「まこと、楽しい楽しい」とさらに大笑いしてから、また色々と思案をし始めた。

五

八代濟沿いにある陣屋の表門には、『公儀測量方・建部賢弘様御一行』という白木の看板が掛かっていた。ひとしきり八代城の内外と城下を見廻ってから、駿之介はこの陣屋の前に立った。

「──誰だ、貴様は」

門番が高圧的な態度で近づいてきた。

「そういう物言いはよくないなあ。だから、熊本の人たちが警戒をするのだよ」

「立ち去れ。貴様が来るような所ではない」

「俺がそんなに怪しく見えるかねえ……こんなおっとりした若君みたいな男が」

自分で言ってから、駿之介は苦笑した。たしかに羽織も着ずに、野袴姿では浪人に見えても仕方があるまい。

「拙者、将軍家旗本の一色駿之介という者だ。建部賢弘様が来ていると聞いて、ご挨拶にと思いましてな」

「旗本だと……胡乱《うろん》な奴。捕らえて調べる故、大人しくせい」

「だから、そういう横柄な態度はやめた方がいい。測量をしてるのだろ？　他国の領内にお邪魔しているのだから、もっと謙虚に振る舞わないと、上様が恥をかくぞ」

「黙れ。上様などと軽々しく言うでない」

語気を強めたので、他の門番とともに、目つきの鋭い用人らしき武士が出てきた。

越智厳三郎《おちげんざぶろう》と名乗ったが、その偉そうな態度は門番どころではなかった。身分を名乗って、建部の学徒であることも報せたが、まったく受け付けない。

「先生の知り合いなどと、出鱈目《でたらめ》も程々にしておけ。帰れ、帰れ！」

その異様なまでの横暴ぶりに、駿之介は却って、何かあるのではないのかと勘繰った。単なる警戒心ではない気がしたのだ。

「本当だ。会わせてくれれば分かる。私の父は一色駿慶といって、建部様とは親友だった。こうして、八代城の城代からも焼酎と獲《と》れたての魚介を貰ってきたのだ。大変な測量仕事を労おうと思ってな」

駿之介は手にしていた徳利《とっくり》や籠を差し出したが、越智は表情も変えずに、目にも止まらぬ早業で抜刀し、鞘を収めた。

鋭い居合である。駿之介であっても、避ける暇もなかった。徳利の口はポロッと欠けて、焼酎は零《こぼ》れ出し、籠の魚は散乱した。さすがに、駿之介も腹が立って、

「何故、ここまで酷《ひど》いことをするのだ。こっちは、きちんと名乗っているではないか」

「黙れ。用のない奴は近づくなと言うておるのだ。これ以上、逆らうなら、怪我では済まなくなるぞ、若造」

越智はもう一度、身構えて腰の刀に手を添えた。本気で斬る気であろう。たしかに、幕府の測量隊は大目付同様、万が一の事態が起これば、〝斬り捨て御免〟である。だが、これほどの乱暴な態度を取れば、行く先々で却って問題を大きくするであろう。

その時——門内から、声をかけたご老体がいた。

「これはこれは、一色駿之介殿ではないか。かような異郷の地で会えるとは」

きちんとした羽織袴姿で、好々爺の風貌だが、しっかりとした体つき、目は若者のように爛々《らんらん》としている建部賢弘である。齢六十四、五のはずだが、測量の実地に出向くほど、壮健な様子だった。

「いやあ、懐かしいのう。元気でしたか」

下にも置かぬ態度で、建部の方から近づいてきて、駿之介の手を懐かしそうに取った。そして、白くなった眉をハの字に垂らして、何度も懐かしいと繰り返した。

「いや、本当にご無沙汰ばかりで、失礼しております。先生のお元気そうなご尊顔を拝することができて、安心致しました」

バツが悪そうに見ている越智たちを見て、建部は察したのであろう。きつく叱りつけた上で、駿之介には、

「用人たちが迷惑をかけたようだが、やはり色々と警固をしておかねばな。地図作りは御公儀の機密事項ゆえ……私から謝る。このとおりだ、許してくれ」

と素直に謝った。

「いえいえ。突然、押しかけた私が不調法でした、相済みません」

駿之介も恐縮すると、建部は用人たちに、

「この御仁は、私の息子のようなものだ。しかも三千石の旗本だ。以後、かような無

礼をせぬようにな」

と紹介した。

「さ、三千石の……そうでございましたか」

越智はバツが悪そうに顔を伏せた。

建部も二千石の旗本だが、家格としては一色家の方が上ということになる。その一家臣にすぎない越智は深々と頭を下げたが、どこか納得できないような目つきをしていた。そのことが、駿之介にはチクリと胸に突き刺さっていた。

本陣の一室に招かれた駿之介は、軽く酒や肴《さかな》で接待を受けながら、建部との昔話に花を咲かせた。

関孝和の門人であった建部は、『発微算法《はつびさんぽう》』や『大成算経《たいせいさんけい》』など優れた算術の著作を数多く出していた。特に円周率に関しては当代随一で、円理に長けているため、それこそ城の改築などにも重要な役割を果たしていた。

しかも、建部は、三代将軍・家光《いえみつ》の右筆《ゆうひつ》の子であり、徳川家からの信頼はすこぶる厚かった。五十五歳を過ぎてから、吉宗の地図作りを担当し、大奥や城内の警備を司《つかさど》る留守居番をも担っていた幕閣並みの身分である。

「――さようか……御城奉行とは、これまた上様も面白いことを考えましたな。たしかに上様は、既成のことには何事にも囚《とら》われず、思い切ったことを断行なさる」

建部はいつもながら、吉宗の決断力と実行力に感服していた。

「だが、政事や法の整備、財政、あるいは医学という喫緊の改革が大変で、上様の嗜好である天文学や測量などは後廻しでしたからなあ……それにしても、城の改築、しかも、江戸城の天守の再建とは畏れ入りました」

「もしかして、ご自身が天守の上から眺めたいだけかもしれませんがね」

「さもありなん。天下を見廻す上様なのに、天守がないのも寂しい限りじゃ。私も生きている間に、江戸城の天守に登ってみたいものです。はは、無理でしょうがね」

「そんなことはありません。もし再建するとなれば、先生に〝縄張り〟をしっかりと計測して戴き、絵図面も正しいのを描いて貰いとう存じます」

「はは。それができれば本望だ」

師匠と弟子の間を超えて、旧交を温め合った後、駿之介はさりげなく、肥後の物騒とも言える状況を語った。この八代城下もそうだが、熊本城下が不穏な空気に包まれており、異様なほど、公儀隠密を警戒している節があることを伝えた。

すると、建部も唸るように腕組みをして、

「それよ……我ら公儀の測量隊を、隠密行為だと勘違いしておるのであろう。まあ、熊本藩の立場に立てば分からぬではないが、あまりにも警戒し過ぎておるな」

「ええ。漏れ聞こえたところでは、細川の殿様……宣紀公があまり聡明《そうめい》ではなく、藩政をしくじってばかりとか……」

「うむ……そうらしいのう……だが、人の噂を軽々と信じてはならぬ」

「はい。しかし、私は何者かに付け狙われている節もあります。巡見使と誤解されているにしても、かように公儀の目を気にしているのは、あまりにも……」

駿之介は繰り返し、純粋に城のことを調べるよう、吉宗から命じられたと言った。

だが、建部は頷きながらも、

「ですがな、駿之介殿……我ら測量隊もそうだが、どの国に行っても、幕府の役人というのは疑わしい目で見られるものだ。沿岸測量にしても、この国全体の国防のためだが、親藩であっても、〝検地〟をしているのではないかと、敵視してくる……その都度、藩主などに丁寧に説明をしているのだが、やはり警戒は解かれない」

「それほど、幕府は信頼されてないということでしょうか」

「諸国の大名はそれぞれ一国一城の主である。その誇りゆえ、大きな幕府の権力や権威で監視されるのが嫌なのであろう……ましてや、江戸城を造り直すとか、天守を造るなどと聞けば、余計に何事かと警戒をするかもしれませぬ……その点では、上様も少しばかり配慮が足らなかったかもしれぬな」

わずかに批判めいて言ったが、すぐに建部は首を横に振って、

「上様には内緒ですぞ」

と茶目っ気のある顔で言った。駿之介はすっかり信頼している様子で頷き、

「もちろんですとも……しかし、城の話をしていると敵味方というか、立場は違えども、話は盛り上がるもので、八代城城主の松井監物の用人が、あることを教えてくれました」

「あること……？」

「細川の殿様……宣紀公が、幕府に対して謀反を企んでいる節があると」

「――謀反……」

建部は声をひそめて、繰り返した。

「まさか、そのようなことが……到底、信じられぬ」

「しかも、九州の主立った外様大名を鳩合して……見たわけではありませぬが、血判状も揃っているそうです」

「………」

「その背後には、跡継ぎの問題も絡んでいるらしく、いずれが敵か味方か分からぬ情

勢の中で、探り合っているとか」

駿之介の話を、建部は信じられないという表情で見つめていた。

「実は……私は、ある子供を助けたのですが、小倉新田藩の若君の満丸君かもしれないのです。まだ、はっきりしませんが」

「どういうことだ」

「この若君を御輿《みこし》にしようとしている勢力もある……そんな気がしたのです」

「それが、細川家の跡継ぎと何か関わりがあるのかね」

「詳細はまた調べて報告申し上げます。その子は、建部様もご存じかと思いますが、熊本の学者、井沢蟠龍子さんが預かってくれております」

「蟠龍子殿なら、面識がある……そうか、その子が、蟠龍子殿の所に……」

「はい。蟠龍子様は、細川の殿様とは昵懇《じっこん》ですから、やはり裏には何かありそうです」

「うむ……」

「此度の謀反の疑いと関わりがあるやもしれません。私には手の者がおりませぬが、建部様なら、何人もの手下がおりましょう。万が一のこともありますれば、『謀反の疑いあり』のことだけでも、上様に密使を出しておいて下さいませんでしょうか」

「――相分かった……駿之介殿が訪ねて来たのは、これが目的だったのですな」

「もちろん、先生に会いたかったからです。杞憂《きゆう》ならいいのですが、宜《よろ》しくお願い致します。これも旗本の務めなので」

駿之介が素直に頼むと、建部も尋常ならぬことと判断したのか、真剣なまなざしになって、しかと頷いた。

六

その翌日、駿之介は熊本城下の蟠龍子の家に戻ったが、すっかり暗くなっていた。

相変わらず、前髪立ちの男の子は、自分が誰かも分からない様子だった。

しかし、順庵の話では、

――実はもう気付いているが、身を守るために、覚えてないふりをしているのではないか。

というのだ。

目の前で自分の連れの女が殺されたのだから、子供が恐怖心を抱き続けているのは、納得ができる。必ず守ってやるという信念で、駿之介は様子を窺《うかが》っていた。

「隣の順庵先生も、元は豊後の武士でしてな。たまたま薬草か何かを阿蘇の方に採りに来た折に、城下まで来たのだが、流行病《はやりやまい》があって、若い頃の医学の知識を活かして手助けをし……そのまま住み着いた変わり者だ」

「困っている人々のために大小を捨てた……」

「そういうことだ。私もそうだが、知識や腕が誰かの役に立つのであれば、刀に拘《こだわ》る必要はなかろう」

「それは……細川の殿様のためにも、ですか」

「ん？　どういう意味かな」

「あ、いえ。蟠龍子先生は、万が一、自分の主君が何か間違ったことをしていたと知ったら、きちんと進言することができますか」

「できる。それだけは断言できる」

「…………」

「おぬしはできないのか」

「将軍に楯突《たてつ》くことができるか否か……迷うところでございますな」

駿之介は意味深長な口振りで言ってから、八代で建部賢弘に挨拶したことを伝え、

「先生とも御面識があるから、一度、会いたいと申しておりました」

「おお。そうですか。いつでもよろしいぞ。肥後にいるならば、お目にかかりたい」

そんな話をしていたとき、

「御免――」

と声があって、熊本藩の丹波《たんば》と名乗る男が入ってきた。蟠龍子にも挨拶をし、

「八代に行ったそうですな。少しばかり、話を聞かせてくれませぬか」

「結構だが……何か特に用でも……？」

少し訝しむ駿之介に対して、丹波は頷いて、

「熊本城にも案内したいと思いましてな。如何でござろう」

と言う。またもや願ってもないことだと、すぐさま腰を上げた。

表に出て路地に入ると、その先に月明かりに浮かぶ天守が見える。

「いやあ、夜も本当によい景色だ……まもなく桜が咲く時節……満開になれば、さぞや美しいであろうなあ」

また駿之介が口にすると、先に歩いていた丹波がいきなり振り向きざま抜刀し、斬りかかってきた。素早く避けたが、背後からも人の気配がした。思わず振り返ると、やはり藩士らしき者がひとり、刀を抜いて立っている。

「なんだ、おまえら。まだ俺のことを公儀隠密と思っているのか」

刀を振り上げるふたりは、駿之介を挟んで、斬り込む間合いを取っている。

「やめろ！　違うって言ってるだろう」

「いいや。公儀隠密と見た。公儀測量隊の陣屋まで行き、建部賢弘に何かを頼んだであろう。御城奉行なんぞと、信じられるか」

「尾けていたのか？　誰の命令だ。細川のお殿様か、それとも松井様か」

「…………」

「いずれにせよ、この藩には、よほど公儀に知られちゃまずいことがあるのだな」

「くらえ！」

斬り込んでくるのを躱しながらも、相手ふたりもなかなかの手練《てだ》れだ。思わず刀を抜き払って、二、三合斬り結んだ駿之介は、丹波の刀を叩き落として、切っ先を喉元に向けた。あまりにも至近なので、丹波は動けず、もうひとりも刀を振り上げたまま止まった。

「男の子と供の女に襲いかかった浪人どももいる。それも、おまえたちが雇った連中か。それとも熊本藩の者なのか。答えろ」

「うっ……」

「もう一度、あの子を襲ってきたら、おまえたちこそ命がないぞ！」

突き放すように言って刀を引くと、丹波たちは恐れおののき、転がるように逃げた。

たわいもない奴らだと刀を鞘に戻しながら、首を傾げた。

「――妙だな……あっさり逃げるくらいなら、なぜ俺を呼び出したのだ……」

シマッタと踵《きびす》を返し、蟠龍子の家に駆け戻ると、血飛沫が障子戸に広がっていた。

驚きの顔で踏み込んだ駿之介が見たのは、蟠龍子が床に倒れている姿だった。

「如何しました」

駿之介が近づくと、蟠龍子は斬られた肩口を押さえながら、

「私のことは大事ない。掠《かす》り傷だ。それより、あの子が浪人者に攫われそうになって
……でも、あの子は自分で逃げ出しました」

と走って行った裏手の方を指さした。

「やはり、一色殿を誘い出したのはこのためか……」

「何故、そんなことを……」

「おそらく、小倉新田藩の若君、満丸君だと思われる。はっきりとではないが、田代殿の話から、そう察していたのだ。相撲取りの阿蘇嶽が探していたのが、その子でな」

すぐさま隣の順庵に手当てを頼んでから、駿之介は子供の行方を追った。

その頃――。

前髪立ちの満丸君は、新町や古町の一角を突進するように走っていた。往来の物売りを巧みに避けながらも、若いから足も速い。追いかけてきている浪人ふたりを、ズンズン引き離している。

だが、他の路地からも、別の浪人が駆け出てきて、満丸君の行く手を遮ろうとした。瞬時に曲がって、また人混みや物陰に身を伏せながら、とにかく逃げ廻った。

そこに、何処から見ていたのか、阿蘇嶽も駆けてきて、

「おい、待ってくれえ。満丸君ではありませぬか！　お待ち下さい！」

と追いかけようとした。体が大きいぶん牛のように遅いのかと思いきや、足腰が鍛えられているのか意外に速い。

「うわッ――」

と振り返った満丸君は、袴の裾をたくし上げて、急いで逃げ始めた。だが、さすがに阿蘇嶽は韋駄天《いだてん》走りの満丸君には追いつけない。小さな穴が開いている民家の塀などを潜り抜けて、満丸君は姿を消した。

さらに、その先にある船着場に着いている荷船にひらりと飛び乗り、荷物の陰に身を隠したのである。

浪人たちも阿蘇嶽も、川沿いまでは駆けて来たのだが、まったく見失っていた。

荷船は堀川からゆっくりと、白川の方に漕《こ》ぎ出されてゆく。

川船の荷物の陰から、あたふたと探し廻っている阿蘇嶽たちの姿を、満丸君はじっと見ていた。ほっと溜息をついたとき、

「やはり、満丸君なのですね」

と船頭が声をかけた。

ドキッと振り返った満丸君は、驚いて川に飛び込もうとしたが、

「お待ち下さい。私は、藩主・細川宣紀公の隠密で、弥平次《やへいじ》という者。ご安心下さいませ。このまま、殿のお屋敷にお連れ致します」

と言った。

だが、満丸君は不信感を抱いており、じっと船頭を睨んだままだった。荷物の陰には、今ひとり女がいた。満丸を助けて、夢路という芸者にも扮《ふん》していた鳥追いである。

「私も同じく、お紺《こん》という者。どうか、ご安心下さいませ」

「…………」

「満丸君は、殿の伯母上の孫にあたりますが、小倉新田藩の跡取りとして育てられましたね。でも、小笠原家に実子が生まれたために、満丸君はその地位を脅《おびや》かされてお

りました。それだけならまだしも、亡き者にされようとした」

「………」

「だから、あの千夏《ちなつ》という腰元とともに逃げ出し、この肥後熊本に逃げてきた。そうでございましょう。もう大丈夫です。細川の殿様が、お守り致します」

「――でも、私はその殿様の家臣に狙われた……」

「いえ、それは違います」

「どう違うのじゃ。豊前から筑前、筑後を経て熊本に来るまでに、襲われたのは二度や三度ではない。その間に、他の従者が三人も殺された。もう誰も信じぬ」

「若君……宣紀公はあなた様を後継者にと考えております。ご安心下さいまし」

「そのような甘い言葉も聞き飽きた。事実、逃げてきた先でも、こうして狙われている。私は邪魔な子なのだ」

満丸君はそう言うなり、何のためらいもなく川に飛び込んだ。そして、深く潜り、船上からですら姿が見えなくなった。

「若君……若君……！」

お紺は必死に呼びかけ、弥平次も鋭い目で、宵闇《よいやみ》に揺れる水面を見廻していた。

岸辺からは――。

いつぞや、駿之介とぶつかりそうになった初老の武家が立っており、船頭に声をかけた。

「弥平次、お紺……見失ってはならぬ。探せ、探すのじゃ」

月の映る川に向かって、弥平次は飛び込み、懸命に探すのであった。

第三話　肥後の六花

一

肥後六花とは、「花菖蒲《しょうぶ》、椿《つばき》、菊、芍薬《しゃくやく》、朝顔、山茶花《さざんか》」のことである。

中でも、菖蒲は〝肥後菖蒲〟と称されて、徳川家への献上品としても重宝された。

もっとも、〝肥後菖蒲〟と呼んだのは、将軍家斉《いえなり》であるから時代は下るが、肥後熊本では古来、花作りが盛んであった。

熊本では農村に住む士分の者たちは郷士とは言わず、在中御家人と呼ばれた。農村を取りまとめる必要があるので、土豪に名字帯刀を許し、士分を認めたのが始まりだった。主に国境の警固が務めだったが、藩財政が厳しくなった熊本藩は、

――金で士分を売る。

ような制度を作ったのである。

それは、〝寸志御家人〟と称され、「カネ上げ侍」とも陰で囁《ささや》かれ、あまり評判のよいものではなかった。しかし、士分になりたい富裕な百姓は、喜んで金を出すから、藩にとってはよい収入源になったのである。

もっとも、〝寸志御家人〟は俸禄があるわけではなく、自力で暮らしを立てねばならない。相変わらずの野良仕事もやったが、中には肥後の豊かな草花を独自の製法で作り、熊本名物として売る者もいたのである。

この花作りに精を出した〝寸志御家人〟たちは、花株の流出を防ぐために、仲間内で「講《こう》」のようなものを作り、秘密を守った。士分でありながらも、知恵でもって生活の糧を得るしかなかったのだ。

それほど熊本藩は、財政に行き詰まっていたのである。繰り返し押し寄せる凶作や災害に加えて幕府への支出が負担となって、領民の暮らしをどう立て直すかという有効な対策はないままだった。

〝寸志御家人〟が急増するのは、文化文政と時代が下るが、享保年間にも数多くおり、その者たちに役職を与えねばならぬ。その取りまとめ役が郡奉行であった。しかし、纏めきれないので、家老の松井は事態の収拾を付けざるを得なかったのである。

「寸志御家人が悪いわけではない。何処の藩も多かれ少なかれ財政は苦しい。だが、最も私たちを苦しめているのは、幕府による河川普請などの費用を強いられることだ」

松井は繰り返し、そう述べていた。

「だからといって、藩主が幕府に対して謀反を企てるような真似《まね》は、断じてしてはならないことである。私は何が何でも本家の存続を守る〝家柄家老〟として、当主を排除してでも細川家を守らねばならぬのだ」

と、これも同じ事を何度も家臣たちに伝えていた。

「一時の凌《しの》ぎに役には立ったが、逆に寸志御家人が藩の新たな負担になっておる。かといって、ほったらかしにするのは家老としてできることではない。たとえ百姓から成り上がった武士であっても、細川家の家臣であることには変わりがないからだ。そのために、新たな仕組みを作ることが大切なのだ」

「――新たな仕組みとは……？」

家中の者の後ろから、阿蘇嶽が声をかけた。

「それはまだ言えぬ。むろん、私としての構想はある。だが、人が集まり、時が熟さねば成り立たぬことだ」

毅然と言ってのける松井を、家臣たちは信頼しきった顔で見ていたが、阿蘇嶽は妙な勘繰りを入れた。

「その新たな仕組みと、満丸君とはどのような関わりがあるのだ」

「いや、それもいずれ……」

「今、松井様は、人が集まり、時が熟さねば……とおっしゃったが、満丸君を捕らえることが、どうも結びつかぬ」

「何故だ……」

「俺は、小倉新田藩に頼まれて、こうして肥後《ひご》くんだりまで探しに来た。てっきり、肥後の殿様に庇護して貰うためだと思っていた。洒落じゃないぞ。本当にそう思っていた」

阿蘇嶽は大きな体で、家臣たちに割って入り、

「なのに、熊本の殿様からも狙われている節がある。それは、どうしてですか」

「話せば長くなるが……よかろう。皆の者もよく聞いておけ」

松井は改めて決然と言った。

「熊本藩当主の宣紀公の実父、細川利重《としげ》公は、兄で先代藩主の細川綱利公から、新田三万五千石を分与された。小倉藩がそうしているように、これもいずれの藩でもやっ

ていることで、形式だけの藩。城や陣屋もなければ領地もなく、支給も蔵米による。むろん、藩政には関わりもなく、藩主は定府がほとんどだった」

「そうだったのですね……」

阿蘇嶽は藩の事情に意外な目を向けた。

「熊本新田藩主の次男だった宣紀公は、元禄十年（一六九七）に宗家熊本藩から五千石を賜っていたが、綱利公の嫡子・吉利が早逝してしまった。そのため、宣紀公が養嗣子に迎えられ、正徳二年（一七一二）に家督を譲られて熊本藩藩主となった。このことも、みなは承知しておろう。だが……」

松井は悪びれることもなく、堂々と藩主の悪口を言ってのけた。

「残念ながら、宣紀公は無能である」

「――そこまで言いますか」

驚く阿蘇嶽だが、他の家臣たちは真剣なまなざしで聞いていた。

「旱魃や飢饉などは我が藩だけのことではない。九州の各地で起こり、大きな野分《のわき》による洪水や疫病が起こっている。過日、見せた連判状にある外様大名たちはみな、自分たちの力でなんとか立て直してきた」

「…………」

「だが、無能な我が藩の殿様だけは、領民を苦しめた上に、相変わらずの〝寸志御家人〟頼みだ。豊かな百姓などもういないから、今度は商人から金を集めようとしているが、焼け石に水だ」

「では、松井様はどうしようと……？」

「謀反を企む殿様には隠居して貰い、新たに藩主を立てる。その藩主のもとで、我々が遺憾なく政事を行うのだ」

「なるほど……そのために、満丸君が必要なのですな」

「さよう」

「ですが、それではまるで傀儡《かいらい》ではありませぬか。満丸君が細川家の流れを汲《く》む御仁であったとしても、家臣による謀反と受け取られかねないのでは？」

「謀反ではない。改革だ」

「改革……」

「公儀に対して謀反を起こそうとしている宣紀公のことが、幕府重職に知られることになれば、我が藩の存続自体が危うくなる」

「つまり、公儀隠密の動きを気にしているのは、松井様の方でしたか」

阿蘇嶽に指摘されて、一瞬、松井の目の奥が光った。

「それは当然であろう。殿の不行跡が公になれば、我ら家臣一同も連座となる……家臣とその一門、何千人もを路頭に迷わせるわけにはいかぬ。ましてや領民が苦しみ喘ぐことは、断じてあってはならぬ」

「正論はそうですがね、どうも釈然としない……松井様のような立場の人ならば、無理に子供の満丸君を御輿に担がぬとも、宣紀公に諫言《かんげん》すれば、納得なさるのでは」

「しないから困っているのだ。しかも、殿は城中にはあまりおらず、京町の別邸からも姿を消すことがある」

「そんな勝手なことができるのですか、五十何万石の大名なのに」

「その動きも怪しい……だから、我々は探索を続けているのだ」

　松井の言い分に、どうも納得できない阿蘇嶽は別の問いかけをした。

「俺のことにしたって、四股名まで与えてくれ、吉田司家に紹介すると言いながら、見張られているに過ぎない気がする。もしかして、俺のことも公儀隠密と誤解しているのか」

「誤解ではない」

　キッパリと松井が断言すると、阿蘇嶽は睨み返した。

「どういう意味ですかな」

「公儀隠密ではないかもしれぬが、藩主・宣紀公の間者《かんじゃ》であろう」

「何を言い出すのです」

「小倉新田藩から頼まれて、満丸君を探しているなどと、端《はな》から妙だとは思っていたのだ。おまえは私が満丸君を探していると承知していたのではないか。だから、守ろうとした。この前、満丸君を捕まえるふりをして、逃がしたではないか」

「いや、そのようなことは……」

「わざと追いやって、荷船に逃がした。あの船には、殿の間者が乗っていた」

「…………」

「図星であろう……調べたところ、勧進相撲には、阿蘇嶽などという力士はいなかったのでな……怪しいと睨んでいたのだ」

松井が底意地の悪そうな目つきに変わると、周りにいた家臣たちが一斉に立ち上がって刀に手をかけた。一瞬にして緊迫した空気に、阿蘇嶽は身動きひとつできなかった。

「正直に話せ。殿には、何を探索せよと頼まれておる……満丸君は何処に匿《かくま》った」

「ま、待て……俺は本当に知らぬ……」

「かような立派な体をしていて命乞いか。よかろう。すべてを話せば、命だけは助けてやるよって、どこぞで相撲でも取れ」

うっすらと額に汗が滲《にじ》み出てきた阿蘇嶽は、不利だと見て居直る気になったのか、デンと胡座《あぐら》を組み直し、

「そうか……分かった。お察しのとおり、俺は宣紀公に頼まれて、満丸君を密かに守っていた。だが、旅の途中……おそらく、あんたの家来の仕業だろうが、満丸君一行は襲われた。九死に一生を得て、満丸君はこの城下まで来たが、見失った」

「ほれみろ」

「まさか、すぐ近くの蟠龍子先生の家にいるとは思ってもみなかったがな」

「そうか……もはや、おまえを利用する値打ちはなさそうだな」

松井は目顔で「やれ」と手下に命じた。家臣たちは一斉に斬りかかったが、大柄な阿蘇嶽ながら、太い腕で素早く相手を突き飛ばし、ぶん投げた。仁王立ちになった阿蘇嶽には、恐ろしいほどの威圧感がある。刀を持っている家臣たちも、踏み込むのをためらった。

しばし睨み合いが続いたとき、

「お待ち下さい、殿」

と田代が声をかけて、懸命に止めた。

「無駄な殺生でございます。藩主の間者と知って斬れば、却って厄介なことになります。満丸君の居所は心当たりがありますれば」

「心当たり、だと……それはどこだ」

「我が八代城の近くには、公儀測量方の建部賢弘様御一行の陣屋があります。それこそ公儀密偵やもしれませぬ」

「――そこに匿われているとでも……？」

「御城奉行なる一色駿之介を、八代城に案内した折、建部賢弘の陣屋を訪ねました。この一色も行きがかり上、満丸君を匿っておりますれば……誰の手も及ばず、確実に隠せるとしたら、そこが一番かと……」

田代の意見を聞いて、松井は疑うこともなく妙に納得した。そのことに、田代自身も違和感を覚えたが、阿蘇嶽の方が動きが速かった。一瞬の隙をついて、家来たちを蹴散らし、屋敷から飛び出していった。

「追えッ――」

という松井の命令を待つまでもなく、家臣たち数人が追いかけていった。

「――殿……私に何か、隠し事はありませんでしょうな」

心配そうに田代が訊くと、松井は歯ぎしりをして扇子を投げつけた。その先が田代の額にもろに当たったが、松井は苛々《いらいら》と睨みつけながら怒声を浴びせた。

「何様のつもりだ、田代。おまえも所詮は土豪どころか、寸志御家人のひとりだったことを忘れるな。口を慎め」

「ハハッ……」

両手をついて頭を下げた田代だが、その肩は打ち震えていた。

二

八代城下にある建部賢弘の本陣には、なぜか金作に伴われた満丸君がいた。奥座敷に建部に迎え入れられ、丁重に扱われている。

「さようか……一色駿之介殿の頼みとあらば、喜んで引き受けよう……」

建部は金作とも面識があったため、満丸君のことを信じたのだ。

実は、荷船から川に飛び込んだ後、水中で着物を脱ぎながら、川底深く潜り、対岸に辿《たど》り着いたのだ。そこで待っていたのが駿之介と金作だった。蟠龍子や順庵の所へ連れて行けば、またぞろ狙われると思い、商家の小僧の姿に仕立てて、金作が連れてきたのだ。

「異郷の地にあって信じられるのは、建部様しかおりませぬ」

「しかと承った……それにしても、大人の政争に巻き込まれて命を狙われるとは……あってはならぬことだ」

「はい。駿之介様もそのことを心配しております。あ、別に、駿之介様は何の関わりもありませんがね、ご存じのとおり、お節介焼きは人一倍ですので」

「うむ。お父上もそうだった」

情け深い顔で、建部は満丸君を見つめ、

「随分と怖い目に遭ったのであろう。誰も信じない顔をしておられる」

「…………」

「ですが、ここにおれば誰も手を出すことはできませぬ。ご安心下されよ」

子供の満丸君に、祖父くらいの年の建部が慰めるように言った。が、満丸君は曖昧に軽く頷いただけであった。

「おまえなあ……確かに若君かもしれねえが、こうして公儀の偉い人が匿ってくれたんだ。挨拶くらいキチンとできねえのかい」

金作は思わず江戸っ子らしく早口で言ったが、建部は止めて、

「まあまあ。よほど深い訳があるのであろう。この私に何かできることがあれば、何

でもするよって、遠慮無く申し出て下され。とにかく、しばらくここで大人しくしておれば、その間に必ずや、駿之介殿が解決してくれるであろう」

と優しく慰めた。

満丸君は人の話は半分ほどしか聞いていないが、隣室にある測量機器や地図に目が行って、興味深げに眺めている。

「おや、地図がお好きですかな」

「──いえ、そういうわけではありませぬが、何かな……と思って」

「来てご覧なさい」

建部は駿之介にそうしたように日本地図や世界地図を見せて、この世の成り立ちを説いた。そして、測量の仕方なども簡単に教えた。これは、怖い目に遭ってきたのを、一時でも忘れさせるためであるように、金作には見えた。

「測量には、交会法や道線法など色々なやり方があって、そこにある量盤《けんばん》に、ある地点と地点を結ぶ方法で描くのだが、物差しや竿《さお》を立てて、山の高さなどを測る三角比によって、その頂点から結ぶ地点の誤差を埋めることで、正確な地図を作るのだ」

「………」

「少々、難しいかのう。だが、私はもっと正確なものにするために、星の動きを探りながら、緯度や経度を定めることで、西洋の地図のように精度を高めたいと考えておる」

「星の動きと関わりがあるのですか」

「大いにある。単なる平板な地図ならば、それでよいが、大地は山あり谷あり……その勾配を調べることで、より正確なものができあがる。そのためには、割円八線対数《かつえんはっせんたいすう》表《ひょう》を利用しつつ、象限儀《しょうげんぎ》という天体観測器を駆使して、位置関係を割り出すことで、このような地図ができるのだ」

そう言ってから、建部が差し出した九州の地図を、満丸君はまじまじと眺めた。そこには、丁度、松井が持っていた血判状を記した大名の国々が並んでいた。

満丸君は豊後から来た自分の足跡を確かめながら、食い入るように見ていた。

「これが九州でございますか」

「さよう。熊本がここで、八代はここだ。むろん、これは細かく言えばまだ不正確。これから、新しい国にするためには、より精度の高い地図を持たねばならないのだ」

「新しい国……」

「語弊がある言い方だったな……異国から見れば、この国は鎖国をしておるゆえ、実はきちんとしたものが入ってきておらぬ。私は立場上、ここ……」

と建部は地図を指して、

「長崎から伝わる西洋の科学や医学を見聞する機会に恵まれておるが、民百姓はそのことをほとんど知らない。このままでは、何十年いや、何百年も他国に遅れを取るであろう」

「遅れている……のですか」

「鎖国とは体よく言えば、自国の平和のためだが、内向きな暮らしばかりで、人々の関心は外には向かず、知らぬうちに茹《ゆ》で蛙《がえる》のような人間ばかりになってしまう」

「茹で蛙……」

「水の中の蛙は、ゆっくりと温められていくうちに熱さに慣れて、自分が気付かぬうちに茹でられているということだ。そんな民百姓ばかりになれば、為政者にとっては楽であろう。だが、人々にとって本当にそれでよいのか……私は常々思うておってな」

子供相手とはいえ、まるで徳川幕府の封建体制を批判するような話しぶりに、金作の方が心配になってきた。だが、建部は学者ならではの論法で、

「よいかな、満丸君。あなたが大人になる頃には、今より世相が厳しくなっているかもしれぬ。異国はそこまで攻めてきておるのだ。しかも、我が国よりも優れた技術を

もって」

「――よく分かりません……」

「無理もない。だが、いつか殿様になるのであれば、一度、よく考えてみなされ……殿様の使命とは何ですかな」

建部の問いかけに、満丸君なりに真剣に思いを巡らせて答えた。

「困っている人を救うこと。突き詰めれば、それだと思います」

「賢い若君だ。では、困っている人を救うにはどうするかね」

「それは……」

「今よりも、少しでもより良い世の中にしなければなりますまい。では、より良くするには、どうすればよろしいかな」

「お金があって、物があって、それでもって、人々がお互いに思いやれること……」

「やはり賢いな。そのためには、どうすればよろしいかな」

「ええと……それは……」

満丸君が少し答えに窮したとき、建部はもう一度、尋ねてから、

「学問をするしかないのです。民百姓が色々なことを学んで、民度を高めるしかないのです。この測量もそのひとつです。自分が住んでいる国の形も知らないのでは、ど

こをどう変えてよいのかも分かりますまい」

「はい……」

「どこをどう変えるか。その基準となるのが地図です。同じように、政事や財政にも、大本となる基本の地図がなければなりますまい。その地図のひとつが、仏教や儒教であったりする。しかしね、人の心に芯がなければ、世の中は決して良くならない。人の心の芯とは、自分が大切な存在で、同じように他人も大切だという心を持つ――ということです」

「心の芯……」

「自利利他と言ってもよい。人はみな等しく尊重されねばならぬのです。私の地図作りとは、そのためにあると言っても過言ではない。そのように、若君はこれから、世の中の羅針盤のような人になってもらいたい」

「…………」

「政《まつりごと》を為《な》すに徳を以《もつ》てすれば、譬えば北辰《ほくしん》の其《そ》の所に居て、衆星の之《これ》に共《むか》うが如《ごと》し……」

「『論語』ですね」

「うむ。若君にはかような殿様になって貰いたいものだ。人々の悲惨な暮らしなんぞ、どこ吹く風。己《おの》が権勢のことばかり考えている、つまらぬ殿様にはなってはなりませぬ」

建部が満丸君に得々と話すのを、傍らで聞いていた金作もなるほどと膝を叩いて、

「うちの若様にも聞かせたかったア……頭の中は、結実様のことばっかりだもんな」

と深く感心していた。

そんな様子を——。

離れ座敷から、じっと窺っていた目があった。

黒い袖無し羽織に袴という、いかにも武芸者らしい姿になっているが、建部の用人・越智厳三郎だ。過日、駿之介の徳利を抜刀道で斬った武士である。

越智はおもむろに立ち上がると、渡り廊下から母屋まで近づき始めた。手には小型の鎖鎌のようなものまで持っている。

その人影に気付いた建部は、自ら立ち上がって廊下に出て、「戻れ」と目顔で命じた。それでも、突き進んでくる越智に、

「ここは本陣だ。騒ぎを起こすでない」

と低い声で言った。

「しかし、あの若君の口を封じておかねば、まずいことになりますぞ」

「勘違いするな。満丸君は、我らが理想のために必要な人物だ」

「建部様……」

「生かしておけば、公儀との交渉に利用できるやもしれぬ。短慮はならぬ。よいな」

厳しく制するように言う建部に、越智は不満そうな表情になった。

「なんだ。言うてみよ」

「上様に重宝されているのを良いことに、何をしようと企んでいるのです」

「何も企んでなんぞおらぬ」

「今し方、漏れ聞こえた言い草では、新しい国を造るとか……まるで徳川将軍家に弓引くような口振りに聞こえましたが」

「子供に話すための、物の喩《たと》えだ」

「だとよろしいのですが……よいですかな、建部様。私は、あなたの用人という立場ではありますが、家来ではない。老中・水野忠之《みずのただゆき》様の目付役として随行していることを、お忘れなきよう」

水野和泉守《いずみのかみ》忠之とは三河岡崎藩主で、徳川吉宗の〝享保の改革〟を大岡越前とともに断行している老中主座である。

その辣腕ぶりは他の幕閣が一目置くほどであったが、財政難は幕府も同じ。天領の年貢を、四公六民から、五公五民に上げたことで、様々な所から不満が噴出していた。

また、熊本藩の先代藩主・細川綱利とも縁が深く、例の赤穂浪士の騒動の後始末をし、浪士たちを預かっている。今般の九州の測量については、吉宗直々の命ではあるが、水野は建部のことを〝洋学好き〟と警戒しており、警固の名のもと、越智を見張り番として側に置いておいたのである。

「──分かっておる。おまえの手下が数人おるのもな。だが、測量隊の全権を上様から預かっているのは私だ。勝手は許さぬ。そのことを、心得ておくがよい」

建部は厳しく命じたが、越智は返事もせずに離れ座敷に戻った。

「なんだ、あいつは……何か思惑でもあるのか……」

じっと睨み続けている建部の視線を感じたのか、越智は一瞬、振り返ったが離れ座敷に入って障子戸を閉めた。

三

廻船問屋『船場屋』はその名のとおり、船場橋の目の前にあった。
──あんたがたどこさ　肥後さ　肥後どこさ　熊本さ　熊本どこさ　船場さ　船場

山には狸《たぬき》がおってさ……。

の手鞠《てまり》歌にある地名である。

もっとも、この歌は幕末にできたものだというから、享保時代にはない。一番は狸を猟師が鉄砲で撃って煮たり焼いたりして食い、二番は海老《えび》を漁師が獲《と》って煮て焼いて食う。それほど町外れの印象があるが、ここは新町にあり、城下で繁華な所である。

この一角を占める廻船問屋『船場屋』は、城下で屈指の大店《おおだな》で、常に商人や荷揚げ人足らが大勢出入りしていた。番頭や手代も帳簿を片手に忙しそうに、荷物の蔵の出し入れや川船への積み込みなどを指示していた。

ぶらり歩いてきた駿之介は、表から中を覗き込もうとした。すると、飛び出してきた人足にぶつかって、危うく倒れそうになった。この町ではよく人がぶつかる。

場違いな所に場違いな侍がいるので、帳場にいた主人らしき中年男が立ち上がり、

「お武家様。粗相があっては申し訳ないもんで、さあさ、お入りなさいまっせ」

と土間の方に来るように勧めた。遠慮なく駿之介がそうすると、

「私は、当店『船場屋』の主人、宅右衛門《たくえもん》という者でございます。船場山の狸がやっておる『船場屋』ですたい」

それが定番なのか、主人はそう言ってニコリと笑った。たしかに狸のような愛嬌《あいきょう》と

体形をしている。

「この店に、夢路という芸者が出入りしているだろう」

駿之介が訊くと、宅右衛門は首を傾げた。

「夢路……はて、そのような芸者は知りまっせん。ここは置屋ではなかとです、はい」

「新町辺りの置屋をすべて当たったが、さような者はいなかった。だが、ここには時々、綺麗な芸者が来ていると噂に聞いてな」

「いいえ。何かの間違いではなかとでしょうか。ご覧のとおり、廻船問屋ですので」

熊本藩の湊《みなと》は、金峰山の西側に流れ出る白川下流、松橋《まつばせ》や緑川下流の島原湾、宇土の三角《みすみ》、宇土や八代のある八代湾にある。そこまでは水路を使うので、川船は川面《かわも》にぎっしりと埋まるほどであった。

その川船が何艘《そう》も『船場屋』の蔵の前に横付けされていた。その一艘を格子窓越しに指して、駿之介は言った。

「そこに見える川船の荷は見せかけだけの空っぽだ。ある若君を連れ去ろうとした二人組が漕いでいたものだ」

「えっ……」

ほんの一瞬、目が泳いだ宅右衛門だが、それも何かの間違いだろうと言い張った。

「だがな、俺は今、確かめてきたのだ。しかも、その荷船に乗っていた若君は、俺がさる所に匿っている……その船に一緒に乗っていたのが、鳥追いで、夢路という芸者に扮していたともチラリと聞いた」

「…………」

「その女は〝くの一〟か何かで、船頭もその仲間であろう」

「──そう言われましても……」

「鳥追いが悪い奴とは思うておらぬ。その女が助けたとき、俺もその場にいたのでな。ああ、匂い立ついい女だった」

少し鼻の下を伸ばしたが、首を横に振って、

「あ、いやいや……結実には到底、敵《かな》わぬ。ああ、絶対に敵わぬ」

「はあ?」

「ゴホン……俺は若君を、一度は蟠龍子先生の所に連れていったのだ。蟠龍子先生は藩主、宣紀公のお気に入り。おまえは、藩の御用達《ごようたし》商人。つまり、繋がりがあるのであろう?」

「いえ……お侍様のお話は、よく分からんとです」

突き放すように宅右衛門は言った。

「とにかく、ごらんのとおり、鳥追いだの芸者だのが、出入りする店ではありません」

「さようか。勘違いか……では失礼する」

何か隠していると察した駿之介だが、あっさり引き下がった。そのまま退散するふりをして、路地向かいにある船宿『福田屋』の裏手から入り、その二階から様子を窺っていた。

夕暮れ近くになると、旦那衆が数人集まってきて、川に面した離れ座敷で宴《うたげ》のようなものを開いている様子が見て取れた。

案の定、芸者姿の女たちが数人、訪れてきた。

その中には、お紺もいる。番頭らに挨拶をしながら、『船場屋』の奥へ入っていった。

集まった旦那衆といい、芸者たちといい、出入りするときに周辺を気遣っていた。しかも、動きが町人たちとは思えぬ警戒心と俊敏さを兼ね備えていた。

「あの女だ……化けの皮を剝いでやるか。できれば、着物も脱がしたい。嘘です、さようなことは結実に誓ってしませぬ」

と刀を手にして立ち上がると、今ひとり、悠長な雰囲気で歩いてくる侍がいた。おっとりとして上品そうな顔つきと態度の、初老の武家である。

「おや。あれは確か……」

路地から飛び出てきたときに、ぶつかりそうになった侍だと思い出した。

「ほう……なんだか知らないが、面白くなってきたぞ」

急いで駆け下りて、『福田屋』の裏手から廻ると、川沿いの道から庭に入り、植え込みを分けて離れ座敷の前に駆け込んだ。

「ふたりは知り合いだったのか」

駿之介がふいに声をかけると、何か神妙な面持ちだった初老の武家と芸者姿のお紺は、吃驚《びっくり》仰天した。

お紺はとっさに初老の武家を庇って、立膝の姿勢で簪《かんざし》を抜いた。どうやら、棒手裏剣になっており、駿之介が踏み込めば、喉元に投げつけるつもりであろう。

「その険しい顔も、なかなか、そそられるなあ……ゴクッ……あ、いかん、いかん」

棒手裏剣を投げようとするお紺に、駿之介は両手を挙げて、

「単刀直入に訊こう。おまえたちは、細川の殿様の味方なのか、それとも家老の松井様の間者なのか」

「どういうことかな」

初老の侍が訊き返すと、駿之介はすぐに責めるように言った。

「惚けなくてもよい。その鳥追いに扮していた女は、小倉新田藩の満丸君が、松井様の手の者に追われていることを知っていた」

「………」

「だから、助けに入ったのだが、今度は満丸君に逃げられてしまった」

「いや、待ってくれ。こちらが聞きたい」

落ち着いた態度ながら、疑念を抱いた初老の侍は、真摯な顔でお紺を傍らに押しやって向き直った。ひとつ咳払《せきばら》いをして、

「私は……椿菊次郎《つばききくじろう》という……ごらんのとおり、半ば隠居している熊本藩士。松井様がどうのこうのと……詳しく話を聞きたい」

駿之介はすぐには信じられず、

「椿菊次郎などと……肥後六花じゃあるまいし、どうせ、その名も嘘であろう。菖蒲を作りし、〝尚武〟に長けた侍など洒落《しゃれ》るつもりじゃないだろうな」

「おお。それは上手《うま》い」

「ふざけるな。その女は明らかに〝くの一〟。俺の正体はすでに知っているはず。ち

と悔しいが、そんないい女と懇ろならば、すべて承知していよう」

「いや、知らぬ。懇ろというのも違う……ああ、そういや、たしかに、そこもととぶつかりそうになった覚えはあるが」

「あの時、追っていたのは松井様……いや、松井の手の者だ」

呼び捨てにしたのは、駿之介はかなりのところまで、家老の松井が妙な動きをしていると、勘づいていたからである。

金作とてただの大飯ぐらいの役立たずではない。駿之介の手足となって密偵のように働いているのだ。ほとんど、熊本城下の様子も仕入れてきていた。

だからこそ、満丸君を安全な建部の陣屋に匿ったのだ。むろん、公儀隠密のような働きはしたくはない。だが、公儀への謀反話を耳にしたからには、知らぬ顔はできまい。

「おぬしは、一体、誰なのだ」

肩透かしを食らったような椿菊次郎の問いかけに、

「――何を考えてるのだ。まったく変な奴だな……あんたも本当に熊本藩士なら、この城下に不穏な空気が流れていることくらい、分かろうってものだろうが。一体、こんな所に隠れて、何をしてるんだッ」

「別に隠れてはおらぬ。集まっておるのは、〝十六夜会《いざよいかい》〟の面々でな」

なんだか嬉しそうに椿菊次郎は微笑《ほほえ》んだ。駿之介は首を傾げて、

「〝十六夜会〟……なんだ、そりゃ」

「おぬしは知ってるかどうか、熊本藩は、加藤清正公によって始まった」

「知ってるわい、それくらい」

「清正公は地元では敬愛されておるから、細川家が入城するときも、大手門前で深々と土下座をしてから入ったほどだ」

「だろうな」

「清正公がいなくなっても、細川家はもとより、かつての清正公の家臣たちも我が藩に組み入れたのだ。清正公には、十六将という優れた武将がおって、朝鮮出兵や関ヶ原も含めて、数々の武勲を立てたのだ」

椿菊次郎は楽しそうに、その加藤十六将の名前を数人、縷々《るる》と挙げた。加藤重次《かとうしげつぐ》、庄林一心《しょうばやしかずただ》、木村又蔵《きむらまたぞう》、森本一久《もりもとかずひさ》、斎藤利宗《さいとうとしむね》、赤星親武《あかぼしちかたけ》、飯田直景《いいだなおかげ》……いずれも側近中の側近で、清正を支えた武の者である。

加藤重次は、近江国渋谷《しぶや》氏の出で、加藤清正と忠広の家老を務めた、十六将の筆頭格である。朝鮮出兵では、食糧の乏しい中、明《みん》の大軍を破った武将だ。豊臣秀吉の下

命により、加藤姓を名乗り、肥後佐敷《さしき》城の城代を務め、天草一揆の鎮圧にも尽力した。清正の死後も御家のために働き、忠広の子を養嗣子に貰い受け、子孫は後世まで続いている。

庄林一心は〝隼人《はやと》〟の通称があり、飯田直景、森本一久と共に、加藤家三傑のひとりである。元は戦国武将・荒木村重《あらきむらしげ》の家臣だったが、仙石秀久《せんごくひでひさ》、さらに加藤清正に仕えた。改易後も細川家に仕えている。

木村又蔵は、相撲の達人として名を馳せており、父親は六角《ろっかく》入道の侍大将だった。元々は、〝おくびょう又蔵〟とからかわれるほど軟弱だったが、八幡大菩薩《はちまんだいぼさつ》の加護で怪力を獲得し、暴れ牛も投げ飛ばすほどになったという武勇伝がある。その怪力は、朝鮮出兵でも城の門番として発揮していたという。

飯田直景は、〝百間石垣うしろとび〟飯田覚兵衛のことである。土木普請に長けており、隈本城の築城の際の、百間石垣などは彼の功績といわれ、「飯田丸」という曲輪《くるわ》も残した。

この飯田直景は、名古屋城や江戸城の普請にも奉行として参加していた人物である。清正の死後もその子・忠広に仕えたが、その無能を嘆いていたという。その後、清正の盟友・黒田長政《くろだながまさ》に抱えられたが、その子らは熊本藩士にもなっている。

椿菊次郎は朗々と話したが、駿之介は首を傾げた。

「おや……では、門番だという飯田覚兵衛は、ご本人ではなくて、ご先祖の名か……」

「知っておるのか。そのとおり、同じ名前で自慢たらしいのが玉に瑕《きず》。当人もなかなか城造りに詳しくてな、熊本城にはなくてはならぬ者だが、少し気性が荒い」

「そうだったのか。危うく斬られるところだった……そんなことより、その加藤十六将がなんだっていうのだ」

駿之介が尋ね直すと、椿菊次郎は扇子で一方を指して、

「向こうの離れに集まっているのが、〝十六夜会〟の者たちで、みな十六将の子孫たちだ。十六将にちなんで、〝十六夜会〟と洒落た。昔から、十六夜の月を見るという慣わしがあるからな。十五夜を過ぎ、欠け始めるのに風情を感じたのかのう」

「風流……を楽しんでいるようには見えぬがな」

離れ座敷では、月見をするというより、何やら文や書、絵図などを持ち寄って、侃々諤々《かんかんがくがく》の話し合いをしているように見える。

「〝いざよい〟とは、猶予《いざよ》うという、ためらうという意の言葉から来ておる。十六夜の月は、たった一日違いなのに、満月の日より半時も遅れて現れる。だから、そう称

するようになったが、まこと風流じゃ」

「風流かねえ、満月……つまり望月《もちづき》を過ぎて、夢がなくなったという意味もあるとか」

「ほう。それは知らなんだ」

「芭蕉《ばしょう》の句にも……十六夜は　わづかに闇の　初哉《はじめかな》……というのがあって、なんだか嫌な予感がすると」

「さようか。私は、〝夕顔〟の段だったか、光源氏《ひかるげんじ》が夜這《よば》いをするとき、美しい姫が十六夜の月を詠むところがいいがな」

「やはり、逢《あ》い引《び》きってことか、あんたたちは……それにしても妙な奴らだな。俺をたぶらかして殺す気か。その証拠に……」

駿之介が半ばからかうように言いながら、隣室の方にさりげなく近づき、いきなりサッと襖を開けた。

そこには——鎖鎌を手にした黒ずくめの男が、無表情で立っていた。建部の本陣にいたあの無粋な用人、越智である。

「あッ。おまえはたしか……⁉」

睨みつけて、駿之介が声をかけるやいなや、いきなり抜刀して斬りかかってきた。

「やめろ。どういうことだッ」

咄嗟《とっさ》に仰け反った駿之介も刀を抜き払って、相手の刀身を跳ね返した。が、越智は駿之介ではなく、勢いのまま椿菊次郎の方へ気合いとともに鋭く斬り込んだ。

すぐさま簪を投げたお紺は、椿菊次郎を庇って立った。越智の胸には簪が突き立っているが、鎖帷子《かたびら》でも着込んでいるのであろう。平然とした顔で、さらに強く打ち込んでいった。椿菊次郎もなんとか避けながら、

「何者だ。公儀隠密の者か」

と言うと、駿之介も吃驚して、

「——なんだ……⁉ あんた、まさか違うよな」

止めようとしたが、越智は構わず椿菊次郎に対して斬りかかっていた。瞬間、鞘ごと弾き返そうとするが、越智の剣の威力には、椿菊次郎の剣は到底、及ばない。

目の前で人が斬られるのは見るに堪えない。しかも、今し方、話した感じでは、椿菊次郎とやらは悪党とも思えない。にも拘わらず、越智は問答無用に斬ろうとする。

「待て待て。おまえは、建部賢弘様の用人、越智厳三郎殿ではないか。何故、こんな真似をするのだ。こいつは謀反人一味なのか」

「——建部賢弘……測量のか」

椿菊次郎が聞き返すと、問答無用で越智は斬りかかった。その切っ先が、椿菊次郎の肩口を擦《かす》ったが、当人は刀を抜こうとしない。形勢は明らかに不利であるにも拘わらずだ。

駿之介は咄嗟に、椿菊次郎を庇って立ち、

「訳を言え。これは建部様の命令なのか。どうなのだ」

「どけい。でないと、貴様も斬る」

「そうはいくか。たとえ相手が謀反人だとしても、無下に斬り捨ててよいわけがなかろう。建部様ならば尚更だ」

「ふん。ならば、おまえにも死んで貰う」

手にしていた鎖鎌を出すと、越智はブンブンと勢いよく振り始めた。

「子供騙《だま》しが通用すると思うなよ」

身構える駿之介に向かって、越智は鎖鎌を投げた――かと思いきや、鎖には繋がっておらず、その鎌は鎖から離れて飛び、まるで〝ブーメラン〟のように回転して背後から戻ってきた。

「危ない！」

お紺の声に身を躱したが、鎌は越智の手に戻っていた。

すぐさま再び鎌を投げつけてきたが、間合いを縮めながら躱した。鎌は飛んで柱に突き立ったが、今度は鎖を投げつけてきて、駿之介の腕を刀の柄《つか》ごと締めつけた。

「なんだ、おまえは……これ以上、乱暴を働くと……俺も旗本だ。公儀の威光に泥を塗る貴様のような奴には、斬り捨て御免が許されているのだッ」

駿之介は鎖を引っ張るが、その怪力にたじろいだ。踏ん張りながら、駿之介は椿菊次郎に声をかけた。

「なんだか知らないが、逃げろ！　こいつは建部様の用人でも門弟でもない。きっと、おまえたちの命を狙う悪い奴だ……早く、逃げろ。こいつは俺が……！」

越智は無言のまま、身動きが取りにくい駿之介に連打を浴びせてくる。

だが、駿之介は必死に裏戸を蹴破って庭に転がり出た。すぐさま追いかけてきた越智は、必死に躱す駿之介に、一瞬の静止もさせず斬りかかる。転がりながら避けた駿之介だが、相手に打ち込む隙は全くない。

横合いから、お紺が懐刀で越智に向かって斬り込んできた。だが、やはり鎖帷子が効いているのか、弾き飛ばされた。さらに鎖鎌を振り廻すと、お紺の腕を掠めた。

「やろう！」

ひらりと飛んだ駿之介は、お紺を庇うように転がった。

「大丈夫か、おい……」

「私のことより……お紺を見つめ、駿之介は微笑みかけて、
痛みに耐えるお紺を見つめ、駿之介は微笑みかけて、

「傷は浅い。しっかりしろ」

と励ましてから、越智を振り返って、素早く斬りかかった。

「このやろう……俺のお紺さんに、絶対、許せねえ！」

ふたりの激闘を離れ部屋で見ていた〝十六夜会〟の者たちは、何事かと立ち尽くしていたが、椿菊次郎が声を上げた。

「皆の衆、若侍の方を助けよ。黒装束は公儀隠密と見た！」

途端、一斉に十数人の者たちが飛び出してきた。

商人や職人の格好をしていたが、みな武芸の心得があって、必殺の攻撃力がある。

ドッと押し寄せてくるのを見た越智は、さすがに不利と踏んだのか、隠し持っていたもうひとつの鎌を投げつけた。

ブンと空を切る音がして、迫り来る者たちの動きを一瞬、止めた。その隙に踵を返して、庭木を猿のように這い登って、外へ飛び出した。

〝十六夜会〟の連中が追いかけたが、外はすでに宵闇が広がっているだけで、空にぽ

っかり少し欠けた月が浮かんでいた。

四

命を助けてくれた礼をしたいという、椿菊次郎の申し出を断って、駿之介はすぐさま八代の建部の陣屋に行こうとした。

今し方襲ってきた越智の真意を確かめたいからだ。建部が命じたとすれば、理由はどうであれ論外だし、もし越智が裏切り行為をしているのならば、建部自身が危険だからである。むろん、匿った満丸君のことも心配である。

「——では、小倉新田藩の満丸君は、建部殿の本陣にいるのだな」

椿菊次郎が念を押すように訊くと、駿之介はそうだと答えた。だから、すぐにでも行かないと危険かもしれぬと言った。

「ならば、〝十六夜会〟の者たちを派遣しよう。そして、熊本城にお招きしよう。それが一番、安心であろう」

「それは願ったり叶ったりだが……そんなことができるのか」

駿之介が訝しんだとき、背後から大男が近づいてきた。気配に振り返ると、阿蘇嶽

である。思わず身構えた駿之介だが、阿蘇嶽の方は大きな体を折り曲げて、

「ならば、私も八代まで、満丸君を迎えに参ります」

と椿菊次郎に言った。

「そうせい。先程の男は恐ろしい武器を持つ凄腕だった。くれぐれも気をつけろ」

「それでは、これにて御免——」

立ち去る阿蘇嶽を見送って、駿之介は首を傾げた。

「あれも〝十六夜会〟の一員だったのか」

「ま、そういうところだ」

「あんたは一体、何者なのだ。あんな怪しげな奴や間者を使って何をしているんだ」

「そんなことより、礼をしたい」

「礼なんぞいい。俺は〝御城奉行〟として、熊本城……就中《なかんずく》、天守の造りを見てみたいだけだ。江戸城の天守再建のためにな」

「天守の再建をなさるのか、吉宗公は」

「さよう。江戸城に〝顔〟がないのは寂しいのでな。我々、旗本も望んでおる」

「なるほど。さもありなん」

「上様は財政改革を成し遂げ、この十年で百五十万両も貯めた。その一部を天守に使

ったとしても、江戸町民は喜ぶであろう……熊本城下に来ても、そう思った。町場の人々も、この城を誇りに思っておるような」

城を見上げる駿之介に、椿菊次郎は微笑みかけ、

「ならば、お見せしましょう。あの天守が、上様の役に立つのであれば」

「できるのですかな、そんなことが」

疑いの目になる駿之介を、一緒に参ろうと椿菊次郎は誘《いざな》った。

案の定、二の丸門前に来たとき、いつぞやの二の丸清兵衛と飯田覚兵衛がズンズン近づいてきて、駿之介に迫った。

「貴様！　まだ、かような所をうろついておるか！　今日こそは容赦せぬぞ！」

いきなり凄んできた。駿之介は「だから言わぬことではない」と思って身構えたが、

椿菊次郎が前に出て、

「構わぬ。通せ」

と言った。

体の大きな甲冑姿の飯田の方が前に出てきて、

「何を偉そうに。貴様、何者だ。どうしても通りたければ、腕ずくで通ってみせよ。俺は加藤清正公十六将のひとり……」

「分かっておる、飯田覚兵衛。余の顔を篤と見よ」

「なに、余だと……」

飯田は一歩踏み出して、見上げる相手を睨みつけた。すると、途端、目を見開き、

「あっ。これは、お殿様！　細川宣紀公様！　ハハア」

飯田が土下座しようとするのへ、椿菊次郎がよせと命じた。

「大袈裟だ。通せばよいだけのことだ」

「ハハア、ハハア」

二の丸もつられて跪くのを、椿菊次郎は「人目につく」と制止しながら、

「丁度良い。おまえに頼みがある、飯田覚兵衛。この一色駿之介は、幕府の御城奉行である。江戸城天守の再建のため、この名城と誉《ほま》れの高い熊本城を遥々と見学に来たという。決して無礼があってはならぬぞ。よしなにな」

と言ってから、自分は京町の私邸へ行くのであった。

「――いやはや……まさか、お殿様とは知らなかった。無礼を働いたかな……」

駿之介が驚きつつ困惑していると、飯田はまだ胸を押さえながら、

「こっちの方が度肝を抜かれたわい。お殿様が時に、お微行《しのび》で城下を出歩いていることは聞いておったが、まさか突然、目の前に現れるとは、こっちが驚いた」

「今宵《こよい》は、〝十六夜会〟だったそうだが、おぬしのご先祖も加藤家の重臣だったらしいな。寄合には出なかったのか」

「会の筆頭に加藤重次の子孫がいただろう」

「いや、知らぬ」

「加藤重徳《しげのり》といって、俺は虫が好かん。だから、めったに行かぬ。そりゃ先祖は筆頭家老だったが、いつも偉そうにしくさって、自分までもが偉いと勘違いしておる」

「あんたも充分、偉そうだと思うがね」

「ふん。あいつに比べれば可愛《かわい》いものだ。それに赤星親武の子孫の赤星親芳《ちかよし》。こいつはいつも加藤のご機嫌ばかりとって、俺とは反りが合わぬ。どうせ、先祖も取り入るのがうまかったのだろう……あれは、所詮、先祖の自慢話をする集まりだ。実に下らぬ。そんな暇があれば、俺はこうして城を守る」

よほど嫌な思いをしているのか、飯田は不満を洩らした。

「だが、〝十六夜会〟の一同は、賊からお殿様を、身を挺《てい》して守ったぞ。危うく命を奪われるところだったが」

「なんだと——!? 誰だ、狙った奴は」

今にも駆け出しそうに振り返ったが、〝十六夜会〟の者たちが追っ払って、その後も対処していると駿之介は伝えた。先を越されたとばかりに、飯田は悔しがったが、城案内も殿直々に命じられたことだ。まずは、飯田丸に案内した。

熊本城は、二の丸の内側の本城がさらにいくつもの曲輪に分かれている。そのうち、飯田丸と呼ばれる一帯は、〝西竹之丸《にしたけのまる》〟とも呼ばれ、「飯田屋敷台所」が置かれていた。三層五階の天守と見紛うほどの櫓《やぐら》と、堅牢な塀で囲まれた飯田丸は、熊本城の本丸南側の防衛の要所であった。

内部には籠城戦ができるほどの井戸や台所はもちろん、鉄砲蔵など武器庫があり、まさに熊本城の中の小城。本丸から独立した造りであった。この飯田丸の南西隅にあり天守の役割を果たすのが、飯田丸五階櫓《ごかいやぐら》である。後世の地震でも、石垣が崩壊したにも拘わらず、隅石《すみいし》だけで櫓を支えた緻密な建造物なのだ。

この飯田丸を守っていたのが、飯田覚兵衛である。

櫓の頂上からは、熊本城内の各曲輪や櫓、そして城下を見渡せる。眼下の備前堀はいかにも戦闘になれば威力を発揮しそうであるし、この一角だけでも城の防御が堅いことを物語っている。

「いやあ……お見事……溜息しか出ませぬなあ……町々の辻灯籠《つじどうろう》や提灯《ちょうちん》が見事でござる。月明かりに浮かぶ城下が、かようにに美しいとは……ああ、凄い」

江戸城の天守台からの眺めとは比べものにならぬ爽快感がある。櫓といっても、まさに造りも天守そのものだ。

「宇土櫓、平《ひら》櫓、五間櫓、北十八間櫓、東十八間櫓、源之進櫓、十四間櫓、七間櫓、田子櫓……それらすべてが、それぞれの場の天守のようなもので、特に宇土櫓とこの飯田櫓は、城の警固の要中の要。櫓の中も、今、通って登ってきたとおり、広々として立派なものでござろう……この櫓をまだ、我が飯田家が守っているのが誇りですたい」

流暢《りゅうちょう》に櫓の名を並べて、飯田は自慢げに顎を上げた。

江戸城には城門が外郭と内郭を合わせて百二十余り、曲輪は四十五ある。広さは違えど、見晴らす限りの規模は、見慣れた江戸城を凌駕《りょうが》するほどである。七基の巨大櫓が、その偉容を高めているのだ。

竹之丸から飯田丸に行くには、迷路のように何度も折れ曲がった角が続く。しかも坂道である。その両側は高い石垣になっており、敵が侵入してくると上から攻撃できるようになっていた。

「この飯田櫓の下から見上げる熊本城の天守はたまらんとぞ。知っておろうが〝清正流《せいしょうりゅう》石垣〟という綺麗に積み上げられた、反り返る曲がり具合。その向こうに聳える天守は、誰もが震えるほど美しか。明日の朝、見せて差し上げよう」

公儀の使いだということで、武骨な飯田も少しは丁寧な言葉遣いになってきた。

「何度も城の周りを巡ったのなら、そこもともよう分かったかもしれんが、熊本城は造るときから景観を重んじたと。天守も櫓もすべて黒塗りにしたのは、ただ威厳を見せつけるだけではなく、万が一、合戦になったとき遠くに見せるためたいね。攻めるのに難しいと思わせる意味合いもあるばい」

「なるほど……」

感心した駿之介は城郭以前に、町造りにも感心したことを伝えた。

豊前街道と豊後街道、薩摩街道の出入り口には、それぞれ撥木戸《はねきど》が設けられ、橋を渡らねば城下に入れぬようになっている。しかも城を取り囲む川を濠の代わりにし、目の前にあるはずの城なのに容易に近づけぬようにしている。

「しかも、江戸城とは違って、櫓を建てる所に高低差をつけ、威厳を大きく持たせている。これでは見ただけでも、敵軍は攻撃をしかけるのをためらうでしょうな……いや、それにしても美しい」

駿之介が感服し続けていると、飯田も大きく頷いて、

「でしょう。城の美しさは、戦国の世ではなく、平和であることの証でもあっとでし

ょう。臼杵藩の稲葉《いなば》氏などはそのことば絶賛して、『熊本図』というのを克明に描き残されておるとか」

「他国の者に、さようなことを許したのですか」

「加藤清正公の治世の話たい。稲葉氏とは昵懇でな。いずれにせよ、大小の天守に宇土櫓、そして飯田五階櫓は、どのような大名が見ても驚かれる。泰平の世でありながら、無用の長物だと批判する者なんぞ、誰ひとりおらんばい」

「そうでしょう、そうでしょう……この飯田櫓を見る限り、もはや櫓とは言えませぬな。櫓とはそもそも上階を楯板で囲んだだけのものでしたが、五階を擁する三重櫓の最上階には、この廻縁《まわりえん》と見事な高欄……まさしく、天守でござる」

城造りは、普請と作事に分けられる。普請は石垣や土塁などの、いわば〝基礎工事〟で、全体の八割を占めるほどだ。この普請は防衛のためだから、合戦と同様に軍役である。ゆえに家臣たちは総動員される。

だが、天守や櫓、城門、御殿などは、戦国の世でいえば、武将が普段、暮らす所であるから、城主が自ら出費する。それは、城主の好みが反映されて、大工棟梁や番匠が造るのである。

作事の中では、権威を見せつける天守に最も力が注がれた。もっとも、幕府は天守の新築はほとんど認めておらず、代替として、三重櫓は許可している。

「この櫓も、かなりの金をかけ、人を使って造られたようですな……使われている材木が質や太さからして違う……柱は檜《ひのき》、梁《はり》は松……一尺角のこの立派な材木は一階だけで、二百本は使われておるでしょう。梁もまた立派だ。二尺の松の丸太がごっそりと……海から離れておるから、これだけの資材を運んで来るだけでも大変だったでしょうな」

「河川では筏《いかだ》を組んで運び、陸は轆轤《ろくろ》に綱を巻いて引くのは、何処でもやっていることですたい。その際、木材には〝えつり穴〟というのを作って、工具を引っかけて組み立てるが、天守の多くはその穴の部分を切り落とさないとか。だが、この櫓は、綺麗なものでしょうが。これも自慢のひとつたい」

ふたりとも天守造りに関わった大工や左官、番匠らに思いを馳せながら、夜の城下町を眺めた。

「飽きませぬな……熊本藩の家老であり、八代藩の城主・松井監物様の許しを得て、用人の田代兵部殿に八代城を案内して貰ったが、田代殿もなかなかの城好き。さぞや、飯田殿とも気が合うのでしょうな」

「田代某《なにがし》とは会ったことがないが、松井様は……どうも好きになれぬ。いや、嫌いだ」

「あなたは同じ熊本藩の者でありながら、嫌いな人が多いのですな」

「ふん……貴殿は何も知らぬからだ」

飯田は吐き捨てるように言うと、瞳に鈍い光が生まれた。駿之介は何か恨みでもあるのかと感じて、率直に訊いた。

「松井様に何か遺恨でもあるのですか。たしかに、私も少々、引っかかるものを感じておりましたが」

「ご家老は、なかなかの野心家よ……細川家の家柄家老なんぞと言うておるが、何を考えているか分からぬ。自分の方が偉いと、殿様のことを小馬鹿にしておるからな」

恨みがましく飯田は言うのだから、余程のことがあるのであろうと、駿之介は思った。たしかに松井は、どこか腹の読めぬ男だという気はしていた。しかし、田代の方は主君に忠実なだけで、悪い人間には感じなかった。

「──貴殿は先程、殿が何者かに襲われたと言ったが、相手は何者なのだ」

心配そうに飯田が訊くと、公儀測量方の用人だと伝えた。

「八代に本陣を構えておるという奴か」

「そうだ」

「どうも匂うな……松井様は、やたらと公儀隠密や巡見使を気にしているにしては、自分の目が届く城下に、公儀測量方の滞在を認めてるばってんが……」

「松井様が気にしているのか？　お殿様が隠密狩りをしていると耳にしたが」

「バカな……殿には何も後ろ暗いことなんぞない。あるとしたら……松井の方たい」

「どういう意味だ」

「ご家老は前々から、怪しげな動きをしていた。殿が養子に迎えようとしている満丸君の命も狙っているからな」

「なんと。それは、まことか？」

駿之介の目が鋭くなると、飯田は何か言いかけたのを止めて、用心するように、

「――いやいや、公儀の御仁に話すことではなかとじゃ。内輪の揉め事たい。それに、御城奉行と言いながら、我が藩の内情を探りに来てるとも限らぬからな」

「散々、そういうことを言われた……だが、もし、何か困ったことがあるならば、手助けをしたい。さっき、お殿様に会って、良い人と感じたのでな」

「良き人であることは、この俺も認めておる。だが、良き人過ぎて、松井様にいいように利用されている……かもしれぬ」

「…………」

「先祖がそうであったように、我が飯田家はただの櫓の番人ではない。殿を守るのが使命なのだからな」

飯田の気合いは充分だが、駿之介には、どこか空廻りをしているように見えた。

「ここから見える十六夜の月のように、美しい藩でいて貰いたい」

駿之介は心の底から、そう思った。

五

翌日、駿之介は飯田によって、本丸御殿と天守を案内された。飯田丸にいるときや門番などをしているときは甲冑を付けて武骨だと思っていたが、裃姿になるとまだ若くて凜然とした物腰だった。

熊本城の本丸御殿は不思議な構造になっている。元々、東向きに建てられていたものが、南北に分かれていた御殿をひとつにし、さらに改築によって西向きに変わったという。いわば、継《つ》ぎ接《は》ぎだらけのような造りとなっていた。

しかも、台所の下に秘密の通路が通っていたり、大広間の下も複雑な袋小路になっていた。大天守と小天守との繋ぎ櫓も相まって、殿様でも迷うほどであった。ゆえに、殿様は本丸御殿で過ごすことは少なく、別邸の花畑《はなばた》屋敷で暮らしていた。

両天守と本丸御殿の外観は堅牢な一体感があり、八間幅で二十二間の長さの建物に、広縁《ひろえん》、落縁《おちえん》、入側縁《いりかわえん》などが付いていた。この本丸御殿は東西に分かれており、西側の「昭君之間《しょうくんのま》」「若松之間」「桐《きり》之間」「帳台之間」「蘇鉄《そてつ》之間」「円扇之間」などは殿様の私室である。

むろん、ここには家老並みの飯田といえども立ち入ることができないが、「桜之間」「梅之間」「雪之間」「家老之間」「鶴之間」などは表の役所である。それぞれの間の天井や襖には鶴や松などの意匠や金箔《きんぱく》の絵画が施されており、漆黒の外見とは違った印象があった。

「今日は入ることができぬが、もし殿様と昵懇になった暁には、招かれるやもしれんと。昭君之間には、杉戸に萩《はぎ》の絵や紫陽花《あじさい》、尾長鳥など狩野派の絵が描かれておる。その杉戸の向こうは真っ暗……大天守の石垣下の石門に繋がっておるたい」

自慢げに飯田は言ったが、駿之介の方が気遣いをして、

「そのような秘密を話してよいのか。後でバッサリなんてことはないだろうな」

「ふはは。誰でも知っているこつたい。この殿様の部屋の周りは、〝鶯張《うぐいすば》り〟になっておる。そもそも誰も近づくことができぬ」

「昭君之間……まるで将軍の間と聞こえるが」

「そのとおり。元々、加藤清正公が、豊臣家に一大事があったときには、秀頼《ひでより》様を迎えるために造った部屋ばい。その証に、昭君之間の奥には、石門、不浄門、小豆坂と続いており、万一、刺客などが襲って来たときには、逃げられるようになっとったい。坪井川岸に繋がる小豆坂まで逃げれば安心。ここには清正公の家臣団の屋敷が並んでいたのでな」

「豊臣家のために建てた本丸御殿だと」

「そういうこつたい。細川の殿様の治世になっても、清正公を慕う家臣は幾らでもいる。〝十六夜会〟のようにな……もっとも、昨日も言うたが、昔を懐かしむような輩だけで、俺は好かんがな。さて、大天守に行くとするかいのう」

大天守は――高さ十六間半、石垣の高さ七間五尺、御上段五間四方、五重目五間四尺四方、四重目五間四尺、三重目八間ニ九間、二重目八間ニ九間、下重十一間ニ十三間、石垣ノ内穴蔵七間ニ九間――と『熊本図』に詳細に記されている。そこに、一階の御鉄砲之御間から、御具足之御間、御矢之御間、貝之御間などが積み重ねられ、六階は「御上段」がある。

この「御上段」には、入側縁や落縁が廻っており、十八畳の畳が敷かれ、腰障子や張付戸で囲まれていた。戸には、やはり狩野派の「若松」や「秋野草」などが描かれ、唐破風の間が付けられている。

大天守に来るまでに、駿之介は不思議な感覚に囚われていた。

広い城内は石段を登り継いでようやく天守に辿り着くのだが、石段は高さも幅も等間隔ではないので、実に歩きにくい。これは敵兵に攻め込まれたときの対策であろう。飯田丸付近では見えていた天守が、近づくたびに石垣に隠れてまったく見えなくなってしまう。それで進む方角に錯覚が生じるのだ。

――やはり、よく考えて造られている。

と駿之介は感じた。

見上げれば三層六階建ての大天守の各層には、三角形の妻壁の屋根の下に、破風と呼ばれる白い装飾板があり、その下に飾りであり、火災予防の願いも兼ねる、懸魚《げぎょ》が付いている。遠くから見たときには分からなかったが、梅鉢や蕪《かぶら》などそれぞれが違う。

大天守の石垣の真下から見ると、白い梁が突き出しているが、これは綺麗に見せるだけではなく、石垣に負担をかけないための工夫だという。反り返った石垣と相まって、美し過ぎる景色だと駿之介は感じ入った。

それらを通って、天守の「御上段」に登った駿之介には、飯田櫓とは比較にならないほどの絶景が待っていた。折しも天気が良く、城下の町並みや河川はもとより、肥後国の四方八方を見渡すことができる。阿蘇から天草まで一目瞭然に見えるような錯覚が起こる。

大天守と小天守を繋ぐ屋根のずれ具合が、なんとも言えぬ風情を漂わせており、下から見たのとはまた違う感慨を抱いた。

二の丸から見たときは、大小の天守と宇土櫓の屋根の向きが垂直に違うため、珍しい深みのある城に見えていた。それが近くに来ると本丸を守るような一体感があって、〝三天守〟と言われるほどの力強さがあった。

「さすがは城造り名人の加藤清正公の城だ。感銘仕《つかまつ》った」

駿之介は素直に喜び、胸躍った。

「実は、御城奉行として真っ先に熊本城に来たのは、〝扇の勾配〟の石垣を見たかったのもあるが、江戸城の石垣普請も、重要な桜田と日比谷辺りは加藤清正公が受け持ったからなのです」

語り始めた駿之介の顔を、同じ城好きな飯田も見やった。

「そのようですな」

「当時の江戸といえば、葦《あし》の原が広がるような湿地で、石垣の基礎を固めるのが非常に難しかった。だが、清正公は特段の対策をする様子もなく、家臣の普請奉行に武蔵《むさし》野《の》から茅《かや》を山のように取り寄せさせ、茅を湿地に敷き始めたのです」

「まさか……そのようなことで基礎ができますかいのう」

「清正公は江戸中から子供を集めて、その敷き詰めた夥《おびただ》しい数の茅の上で遊ばせた。田舎ならば、農閑期に稲を敷いた上で走り廻るが、江戸の子供には珍しかったのであろうか、一日中、踊ったり跳ねたり、鬼ごっこをしたり、とにかく何日も何日も遊ばせました」

その様子を、駿之介は楽しそうに話した。江戸の子供たちは実に遊び上手で、柔らかな茅の上で相撲を取ったり、合戦ごっこをしたりしていたという。

「一方、浅野長政《あさのながまさ》の次男で、和歌山城主だった浅野長晟《ながあきら》も清正公と同じく石垣普請を担っていたのだが、着実に石垣を積んで完成させた。しかし、清正公は一向に普請をしそうにないので、浅野家の家臣はもとより、町人たちも嘲笑《あざわら》った」

聞き入っている飯田に、駿之介は物語るように話し続けた。

「予定よりも随分と遅れて、ようやく清正公も石垣を完成したけれど、家康公からも顰蹙《ひんしゆく》を買っていました……そんなある日、何日も続く大雨が降ったのです」

「大雨、な……」

「ええ。お察しのとおり、浅野家が造った石垣はあちこちで崩れ、傾いていった。けれども、清正公の石垣はびくともしなかった。子供たちに遊ばせて、石垣を載せる基礎を踏み固めさせたお陰です」

駿之介が言うと、飯田はしたり顔で頷き、

「実に豪快じゃ、うはは、さすがは清正公たいねえ」

「その後、名古屋城を造るときも、清正公は天守台の石垣をひとりで受け持った。しかも、この〝扇の勾配〟の匠《たくみ》の技を生かしたけれど、他国の者に見せぬよう、隅石を積み重ねるときは幕を張ったとか」

「なるほど。隅石だけでも、天守を支えるとの噂は、その匠の技があったればこそたいね」

飯田は改めて、先祖が仕えた清正公を絶賛するのであった。

「——かような所で何をしておる」

ふいに背後で声がした。階段を登って来たのは、家老の松井であった。数人の家臣を引き連れている。

「これは、御家老……」

飯田が頭を下げると、松井は険しい目で、

「何をしておると聞いておるのだ」

と詰め寄った。

藩主・宣紀公の命で、幕府の御城奉行に城の見学をさせていると言うと、松井は怒りを露《あら》わにして怒鳴りつけた。

「馬鹿者めが。あれほど余所者《よそもの》を城内に入れるなと言うてあったであろう」

「しかし、お殿様が……」

「殿がさようなことを指示するわけがない。こやつは間者だ。引っ捕らえろ」

松井は家臣に命じて、駿之介に縄を掛けようとした。思わず押し返して、

「随分と乱暴だな。案内されたから、ついて来たまで。もちろん、頼んだのは俺の方だがな。咎人《とがにん》扱いをされるゆえんはない」

と反論した。

「さよう。この飯田覚兵衛が、江戸城天守再建の参考になればと……」

「そんなことはどうでもよい。家老の儂に断りもせず、身許も明らかでない者を城中に入れ、しかも天守にまで登らせるとは規律に反する。貴様も同罪だ、飯田」

「ですから、お殿様に従ったまでです」

「いつ、何処で、どのように殿に命じられたというのだ」

「それは……」

少し言い淀《よど》んだが、駿之介の方が有り体に事情を話した。すると、松井はさらに表情を強張《こわば》らせて、顔を近づけた。

「——椿菊次郎だと？　誰じゃ、それは」

「殿様の仮の姿だ……と思うが」

「ふざけるな。貴様は、初めに会ったときから、妙に怪しい奴だと思っていたが、我が八代城を探り、こうして熊本城の大天守にまで来たことは誉《ほ》めてつかわす」

「……」

「だがな、ここから出られると思うな。おまえが大好きだという城の中に、骨を埋《うず》めてやるから喜ぶがよい」

松井の言葉に家臣たちが刀を抜こうとすると、駿之介はそれを制するように、

「早々とベロンと正体を現してくれるとは思いもしなかった」

とニンマリと笑った。

「なんだと……」

「せっかくだから、あんたの望みどおり、俺が公儀隠密ということにしておこう。巡見使などを恐れていたのは、藩主の宣紀公ではなく、あんただったたってことだ」

「…………」

「一体、何を企んでおるのだ。宣紀公が養子にしようとしていた満丸君の命を狙ったのは、あんたではないのか」

駿之介の言い分に、飯田もハッと松井を見やった。

「そういえば、松井様は何やら陰でこそこそと動いておられた節が……」

「ええい。言わせておけば。やれ！」

家臣たちは一斉に躍りかかったが、駿之介が抜刀するまでもなく、飯田がエイヤとばかりに相手を投げ飛ばした。その手を長押《なげし》に伸ばして槍を手に取ると、ブンと振り廻して牽制しながら、一枚の木戸を蹴破った。そこには細い通路がある。

「さあ、行きなされ」

飯田は駿之介を促した。言われたとおりにすると、さらに飯田は槍を鋭く突いたり、振ったりしながら、自らも通路に来た。

「この先の階段を下ると小天守に繋がっておる。そこから宇土櫓へ向かい、さらに秘密の通路を抜けて、我が飯田丸へ行く。お殿様がかようなときのために造っていたものだ」

「おい、飯田。貴様、何をしているのか、分かっているのかッ」

松井は怒りに震えたが、飯田は駿之介を押しやりながら逃げ出した。

家来たちが追いかけてきたが、飯田が槍の穂先で床の片隅を鋭く突くと、通路の床が崩れた。その下は遥か十数間下の地面である。

「落ちたら、ひとたまりもないぞ。松井様、そちらこそ、覚悟なされるがよい！」

朗々とした声で飯田が言うと、一歩も進めぬ松井は地団駄を踏んだ。

「戦をするなら、かかって来なされ。我ら飯田丸に籠城して、幾らでも戦いますぞ」

挑発するように笑って、飯田は駿之介を誘いながら小天守の方へ逃げるのだった。

背後からは、「待てぇ！」という声だけが虚しく飛んできていた。

第四話　新しい国

一

八代城下にある建部賢弘の陣屋には、加藤十六将の子孫で、細川家の家臣たちが押し寄せていた。〝十六夜会〟の面々である。それに加えて、阿蘇嶽の姿もあった。

〝十六夜会〟筆頭の加藤重徳は剛の者という雰囲気を醸し出しており、建部に対して、越智を出せと詰め寄っていた。

「強引に言われても困る。理由を言って下され」

冷静に建部は対応していたが、加藤を初め〝十六夜会〟の者たちは先祖の血が沸き立ってきたのか、公儀の役人何するものぞという勢いである。下手な言い訳に終始すれば、刀や槍《やり》に物を言わせる気迫で溢《あふ》れていた。

「惚《とぼ》けるのも大概にせい。おぬしの用人、越智某《なにがし》が我が殿を襲った。斬り殺そうとしたのだぞ。知らぬ存ぜぬは通じぬ」

加藤が責めると、建部は少し怯《ひる》んで、

「越智厳三郎が？　待って下され。それは何かの間違いかと存ずる」

「その場には、おぬしと旧知の仲である一色駿之介なる者がおり、越智のことを知っておった。惚けるとためにならぬぞ。返答次第では、幕府と事を構える事態になるが」

「いや、本当に私は知らぬのだ」

「ならば、すぐさま越智をここへ差し出せ。我らが捕らえて真相を暴く」

「——困りましたな。私はただ測量をしに来ているだけでして……」

「この期に及んで言い訳か」

加藤は腰の刀に手をあてがった。他の者たちも同じように身構えると、建部の従者たちも刀や脇差しを摑《つか》んだ。

建部は自分の配下を制止しながら、

「もし越智が本当にさようなことをしたのならば、私から切腹を申しつけた上で、細川宣紀公に謝罪を致しまする」

「それでは済むまい。越智某が己ひとりの判断で、我が殿の命を狙ったとは思えぬ。おぬしにも切腹して貰《もら》い、さらには公儀の責任ある者の処分も検討して貰おう」

詰め寄った加藤の険しい顔は真剣そのものであった。困惑を隠しきれない建部は、自分は測量に来ただけだと繰り返し、越智は老中が警固役として付けた者だと言った。その責任逃れの言い草に、加藤はさらに怒りを感じて、

「それでも武士の端くれか……おまえ自身、公儀隠密《おんみつ》の疑いもあるのだ。たった今、越智某は老中の手の者だと言ったな。ということは、幕府が熊本藩主を狙ったことを意味する。尚更《なおさら》、捨て置くわけにはいかぬ！」

と刀を抜き払った。同時に他の十人ばかりも鯉口《こいぐち》を切った。

そのとき、奥から、満丸君が飛び出てきて、加藤たちを必死に止めた。

「待って下さい。この建部様は、本当に何も知らないと思います。ただただ吉宗公の命により、正確な日本の地図を作っているだけの御仁でございます」

「――あなたはもしや……」

「さよう。細川宣紀公様の養子として肥後に来ていたのですが、何者かに命を狙われたのを、建部様が匿《かくま》ってくれたのです」

満丸君が言うと、加藤は安堵《あんど》したように見つめながらも、

「それはようございました。ですが、満丸君。ここは匿ってくれたのではなく、人質に取られていたのかもしれませぬぞ」

と言った。

「裏で糸を引いていたのは、ここ八代城の城主である松井監物様の疑いもありますれば……ささ、こちらへ」

加藤が促すと、その前に阿蘇嶽が駆け寄って、

「若君！　ご無事で何より！　お殿様も御身を心配されておいでです。さあ、熊本城下に行きましょう」

と抱き寄せた。

満丸君は窮屈そうに押し退《の》けようとしたが、怪力に微動だにすることができなかった。

阿蘇嶽が宣紀公の家来であることは、加藤たちも承知している。すぐさま殿のもとに連れて行くと断じた。

「それでよいな、建部殿……満丸君の命を狙っていたのは、家老の松井であることは、こっちも概《おおむ》ね、摑んでおる」

慎重に加藤が言うと、阿蘇嶽がそのとおりだと付け足した。

「俺も騙《だま》されそうになった。宣紀公が九州の諸大名とつるんで、幕府に対して謀反《むほん》を起こそうとしている。だから阻止せねばならぬと話しておったが、それも嘘《うそ》くさい。いや、それどころか、謀反を企《たくら》んでいるのは、松井自身でないかと思えるくらいだ」

「さよう。松井は家老にして家老にあらず。あやつは野心家だ。まことに熊本のことを思うておるのは、我が〝十六夜会〟の面々だと自負しておる」

「殿が待っておる。さあ、熊本城まで行きましょう」

阿蘇嶽が意気揚々と満丸君を本陣から連れ出すと、加藤たち数人は本陣に居残り、建部の動向を見張ることにした。建部はそれを認めざるを得なかったが、

「宣紀公には、私からも謝らせて下され。必ずや、この始末はお付け致しますと」

と縋《すが》るように頼んだ。だが、加藤は険しい口調で、

「今日より、藩から許しが出るまで、測量は罷《まか》り成らぬ。よろしいな、建部殿」

「――承知致しました……」

建部は素直に従わざるを得なかった。

海沿いの道を、阿蘇嶽は満丸君を連れて、熊本城下に急いでいた。まずは藩主の別邸に案内するつもりである。

「改めて、身が引き締まる思いが致す。若君には、これから様々な試練が待ち受けているやもしれませぬが、熊本のため、いや九州のため、生涯をかけてご尽力下さいますよう、私からもお願い申し上げまする」

意気揚々とした阿蘇嶽は、しゃがんで背中を向けた。おんぶをしようとするのだが、満丸君は「いらぬ心配だ」と追い越していく。頼もしそうに見ながら、

「さすがは、若君。その意気でござるぞ」

陽気に笑ったとき、前方から山伏姿が数人、近づいてきた。その足捌《さば》きを見て、阿蘇嶽は只者《ただもの》ではないと察し、満丸君を庇《かば》うように立ちはだかった。

「またぞろ、狙ってくるのか」

言うより早く、無言で錫杖《しやくじよう》を突き出してくる山伏たちを、阿蘇嶽は摑み投げながら、

「またバカ家老の松井の手先か」

と詰め寄った。が、相手は投げ飛ばしても猫のように着地して、無表情のまま錫杖を振り廻《まわ》してきた。ただの錫杖ではない。先端からは、槍のような穂先が飛び出してきた。

「うっ——」

微《かす》かに阿蘇嶽の太い腕を切り裂いた。

「貴様ら……大概にせんか……これ以上、俺を怒らせると、まさに阿蘇山のように噴火するぞ、こら！」

腰の反りのある太刀を抜き払い、猛然と突っかかっていった。それでも、山伏たちは阿修羅《あしゅら》の如《ご》く襲ってくる。腕前も並みの武士や忍びの比ではなく、生半可ではない。阿蘇嶽も本気で激しく斬り結んでいたが、

――フッ。

と飛来した吹矢が阿蘇嶽の首に命中した。

「なんだ、こんなもの」

抜き取って捨てるや、太刀を振り廻していたが、吹矢には痺《しび》れ薬でも塗られていたのか、ガクッと膝を突いた。その首に、二本目の吹矢が突き立った。それでも、弁慶《べんけい》のように立ち上がり、うおおッと大声を上げた。

「おまえら……ひとり残らず、ぶっ殺してやる！」

さらに激しく動き廻ったが、数人の山伏は錫杖をハの字に重ねて阿蘇嶽の体にあてがい、一斉に押しやった。そのまま強引に押して、予《あらかじ》め作っていたのか大きな落とし穴に突き落とした。

「うわあっ……！」

転落した阿蘇嶽の上に、錫杖を梃子《てこ》にして大きな石を転げ落とした。

「なんだ、こんなものッ」

阿蘇嶽は岩のような石を受け止め、底に下ろすと、それを足場にして這《は》い上がろうとした。山伏たちはさらに大きな石を転がして落とし、その上に砂利を流し込んで、とうとう生き埋めにしてしまった。

「ひ、ひええ……」

その情景を見ていた満丸君は、恐怖のあまり座り込んでいた。が、山伏たちは満丸君を御輿《みこし》のように抱え上げると、素早くその場から立ち去るのであった。

不知火の海が不気味な咆吼《ほうこう》を轟《とど》かせていた。

二

藩主の別邸・花畑屋敷近くでは——路地や塀の陰に身を潜めた浪人たちが、屋敷内の様子を窺《うかが》っていた。

花畑屋敷は、城から坪井川を隔てた所にあり、長塀の中程から架かる橋で、城と結ばれていた。別邸とは言っても、実際は藩主が暮らす場である。

肥後藩作事奉行方棟梁《とうりよう》・横山作兵衛《よこやまさくべえ》が建て、庭園は茶道方の小堀長左衛門《こぼりちようざえもん》によるものである。一万五千坪程ある屋敷には、能舞台や茶室もあり、御書院や御座敷など大きな六部屋からなり、奥向きの陽春之御間や陽春庭も配置されていた。

その屋敷に、〝十六夜会〟の連中が数名、駆け込んできた。

奥の座敷には、椿菊次郎こと細川宣紀公が待っており、赤星と斎藤が廊下に控え、

「殿にお知らせ致します。加藤殿が八代の陣屋にて、建部賢弘殿を見張っておりますが、肝心の越智という者の行方が分かっておりませぬ。殿を狙った輩《やから》を見失ったまま、申し訳ございませぬ」

と平伏して謝った。

「気にするでない。おまえたちの本来の職務ではない。番方にも手配りしておるゆえ、離れで疲れを癒すがよい」

宣紀公が優しく声をかけると、赤星は首を振り、

「とんでもないことです。今も屋敷の裏手には、怪しげな浪人が潜んでおりました。すぐに誰何《すいか》して追い払い、逆らえば斬り捨てる所存にございます」

「あまり乱暴はするな」

「そうはおっしゃいましても、不穏な空気が広がっております。お殿様には言いにく

いことですが、ご家老の松井様の動きも極めて、怪しゅうございます」

「どう怪しいのだ」

「すでにご存じかとは思いますが、満丸君の命を狙っていたのは、他でもなく、松井様自身だったと思われます。満丸君は、ここにもう着いておいでですが」

「いや。来ておらぬが」

「えっ……そんなバカな。我らより一足先に、阿蘇嶽が来ているはずですが」

宣紀公は首を横に振り、俄《にわか》に不安な表情になった。

「――そもそも、密《ひそ》かに連れて来る必要などなかったのだ……堂々と、余が迎えに行けばよかった。だが、まさか満丸の命が狙われるなどとは考えてもみなかった」

「それほど殿の為《な》さることに反対する者が、身近にいるということです。よいですかな、殿……松井様が実に怪しゅうござる。お気をつけなされませ」

赤星は城中の本丸御殿にいるよりは、別邸にいる方が身の安全が保たれると言った。松井は城中の番方まで仕切り、その気になれば、いつでも宣紀公を亡き者にすることができるからだ。

だが、宣紀公自身は松井のことを信頼している節がある。そこのところが、赤星たち〝十六夜会〟の面々にはもどかしかった。

「何はともあれ、満丸の行方が分からぬのであれば、今一度、探せ。万が一のことがあれば、小倉新田藩にも顔向けが出来ぬ」

「さようでございますな。では鋭意、探索して参ります」

赤星たちは帰って来て早々、八代城へと舞い戻った。もし、松井が狙ったとすれば、自分の城に連れて行ったかもしれないからだ。

入れ違いに、飯田に伴われて、駿之介が入ってきた。

松井とその家臣に襲われて、しばらく飯田丸にいたのだが、二の丸清兵衛の援助を受けながら、宣紀公に報《しら》せに馳《は》せ参じたのだ。それでも、宣紀公は、

「松井が、さようなことを？　何かの間違いではないのか」

と言い張っていた。

それほど家老のことを信頼し切っているのだ。人を疑うことをしない気質のようだが、飯田は忠臣ゆえに苛ついて言上した。

「殿ッ。我ら〝十六夜会〟の者たちは、先祖が加藤家の家臣とはいえ、代々、細川家のために働いてきた者たちです。たしかに、松井家は、それ以前からの家臣であることは百も承知しておりますが、かの監物様は違います。獅子身中《しししんちゅう》の虫でありますぞ」

「軽々しく人を批難するでない」

「では、何故に、殿を藩政から遠ざけているのでございましょう」

「遠ざけている……?」

「そうではございませぬか。殿には自由に振る舞わせておきながら、自分は財政も人事もすべて牛耳っております」

「家老ゆえ、当たり前のことであろう」

「そうでしょうか。勘定方や郡奉行はもとより、番方や作事方、吟味方の役人までが、松井様の顔色ばかり窺っております。ひとたび睨《にら》まれれば、御家《おいえ》を潰されますからな」

「実際に潰された者がおるのか」

「ご存じなかったのですか。下級藩士ではありますが、すでに五十家にも及んでおりますぞ。財政難ゆえ、ちょっとした失策を責められ、次々と首を切られているのです。俸禄《ほうろく》を減らされている者もおります。此度《こたび》のことで、おそらく私も御家断絶となるでしょう」

「まさか……」

「まことです、殿。どうか目を覚まして下さいませ」

あえて苦言を呈する飯田に、なぜか宣紀公は微笑《ほほえ》みかけて、

「もし、おまえがそのような目に遭っても、俺が拾うてやるから安心するがよい。熊本藩ではなく、新しい国のな」

と言った。

「新しい国……ですと？」

食いついたのは、駿之介の方だった。宣紀公はしかと頷《うなず》いて、

「さよう。新しい国というよりは、この九州をひとつの大きな国にするということだ」

「なんと！　この御公儀の支配から離れるということですか」

「独立といえば大袈裟《おおげさ》だが、この九州の地は元々、帝《みかど》の住む平城京や平安京から見ても辺境の地だった。ゆえに九州探題などを置いて、支配してきた。そして、豊臣秀吉公が九州征伐をしなければ、今も異国であったかもしれぬ。九州がひとつに統一されるのは、当然の理かもしれぬな」

藩主が淡々と言うのを、駿之介は驚きをもって聞いていた。

「だからといって、独立とは……」

「驚くことでもあるまい。四国もそうだが、本州とは離れている島国。幕府と敵対するのではなく、自給自足でもっと国を豊かにしたいということだ」

「――さようなことを言うと、それこそ公儀隠密ならば、危ぶむところですぞ」

「そうかな。同じ本州にあっても、畿内と中国、東海や信越、奥羽などでは、随分と土地柄も伝統も違う。それぞれが独立した文化を培ってきたではないか」

「それは、そうですが……」

「我らは徳川家の臣下になっているわけではなく、大名としては五分と五分。その二百数十藩の大名が、連合して幕府を支えておるのが実態だ」

宣紀公は、駿之介が幕府の旗本であるのを承知で、持論を展開した。

「同様に、この九州においては、筑前、筑後、豊前、豊後、肥前、肥後、日向、薩摩などに数多くの藩がある。その藩ひとつひとつが独立した国であろう。それらが、寄り合って〝九州〟というひとつの国になるのだ」

連合国家のような概念があるのかもしれぬ。たしかに、幕藩体制の仕組みはそれに近い。だが、徳川幕府という集権国家であることは事実である。九州だけが独立するとなれば、幕府から見ればまさに謀反であろう。駿之介はそのことを伝えたが、宣紀公はさして気にする様子もなく、淡々と続けた。

「この地は、古来、唐土《とうど》や朝鮮、琉球《りゅうきゅう》など東アジアの国々、戦国の世になってからはポルトガルやオランダとの交易をしてきた。今は長崎以外では御禁制だが、昔のように異国と自由に交易ができれば、櫨蠟《はぜろう》や焚石《たきいし》、生糸などの特産物、あるいは金銀などを売って、自給自足の仕組みを作るのは容易《たやす》い。薩摩に至っては、幕府からの暗黙の了解のもとで、琉球を通じて交易をしている。無理な話ではない」

「――立派な構想でしょうが、現実には如何《いかが》でしょうや」

「卑屈にならず、みんなが一丸となって頑張れば、必ず出来る。余はそう考えておる。今も、ご覧あれ。あのように……」

宣紀公が中庭にある能舞台越しに、御弓之間という大広間を指すと、開いた障子の向こうでは、十数人の学者や商人らが、座を囲んで話していた。中には、書物や地図などが散乱している。『船場屋』の離れにいた〝十六夜会〟とは違って、自由闊達《かったつ》な感じがする。

その中には、井沢蟠龍子の姿もあったので、駿之介は思わず声をかけそうになった。

「余の呼びかけに集まった御用商人や学者たちが、新しい国の御定法やら役職の制定、貨幣造りから交易のあり方などについて、忌憚《きたん》なく意見交換しているのだ。建部賢弘殿に、地図の測量を許しているのもその一環だ」

「建部賢弘様も絡んでいると？」

「うむ。賛同してくれておる」

「まさか……」

駿之介は嘘だと首を振った。建部賢弘は吉宗の命令によって、正確な全国地図を作り直しているからだ。九州独立の話など、みじんもしていなかった。駿之介はその旨を伝えたが、宣紀公は頼もしそうに、

「いやいや。新しい国は、侍も町人もない、平穏な国になるであろう。そうしたいとみな、望んでいるのだ」

と笑みを浮かべるのだった。駿之介にはとても信じられることではない。

「新しい国造り……しかも、藩主が率先して、ですか」

「さよう。城を抜け出しては、こうして私邸や料理屋、御用商人の屋敷に集まって、藩を超えた九州という大きな国造りのために、知恵を出し合っているのだ」

「そんなばかかな……」

「いや、真剣に考えている。そのために、満丸を余の養子にしたいのだ」

宣紀公はきちんと説明した。

「余には世嗣《よつぎ》がおるので、細川家は安泰じゃ。されど、九州の連合国家ができたとしたら、その長が必要なのだ。が、余は年だし、自らなるわけにもいかぬ。かといって、藩主の誰かがなれば、色々と異論もあろう。それゆえ、形ばかりになるかもしれぬが、

九州国の長として、満丸を据えることで、安定を図りたいのだ」

駿之介は妄想も甚だしいと思いながら、聞いていた。

「──到底、信じられないことですが……誰からともなく耳に入ってきていた謀反とは、九州独立のことでしたか」

「いやいや、謀反とは心外だ。上様とは何度か会ったことがあるが、洋学の知識が豊富で、異国のことを誰よりも知っておる。話せば必ずや分かってくれると思う」

「ならば、何故、隠密狩りをしていたのですかな」

「隠密狩り……？」

訝《いぶか》しげに首を傾《かし》げる宣紀公を庇《かば》うように、飯田が横合いから声をかけた。

「それだけは違いますぞ、一色殿。お殿様は刀を抜くことすら嫌いな御仁だ。人を殺《あや》めることなどありえぬ。そもそも、公儀に隠し立てをするつもりなどないのだから、さようなことをするわけがない」

「しかし、現に俺は熊本城下に来て狙われたし、城内では松井様からも」

「だから、それは……松井様がやっていること……私も結果として利用された」

「松井が……まさか信じられぬ……」

宣紀公は深い溜息《ためいき》をついて、

「しかし、満丸を奪おうとしたり、余を狙ってくる怪しげな輩がいるということは……あるいは、この計画に反対の者が密かに動いているのやもしれぬな」

「密かにの段ではありませぬ。宣紀様……仮に老中や若年寄らが知ったら、断じて見過ごすことではありますまい。いや、上様とて、独立など認めないでしょう」

「いや、認めさせてみしょう。自由な交易ができれば、幕府が進めてきた〝上米《あげまい》の制〟よりも、遥《はる》かに多い献上金を幕府に納めることができるのだ。さすれば、五公五民という苛斂誅求《かれんちゆうきゆう》をせずとも済み、民百姓の暮らしは楽になるであろう」

「私が懸念するのは、金の問題ではありませぬ。もしも、九州の諸藩がこぞって独立した国を造るとなれば、京や大坂など畿内はもとより、色々な所が独立を要求してくるに違いありませぬ。徳川幕府は根本から、崩壊すると思いますが」

「なにも、そこまで……」

言い返そうとした宣紀公だが、少しばかり笑みが消えた。宣紀公には徳川幕府に対して謀反を起こす気などさらさらないとはいえ、誤解が誤解を生じて、細川家が取り潰される懸念が過《よ》ぎったのであろう。

駿之介も深い溜息をついてから、

「宣紀様に大きな理想や考えがあることは、よく分かりました。その思いからすれば、私が天守を再建したいと思っていることなど、実にバカバカしいと感じられるでしょう」

「いや、そんなことはないが……」

「〝十六夜会〟の方々や、離れで話し合っている蟠龍子先生たちの思いが、本気であることは分かりますが、お殿様の側近たちにしても、夢物語を信じているとは思えませぬ。現に、松井様は宣紀様のことを、まるで謀反人扱いしているではありませぬか」

「ははは。それは、ない」

断じる宣紀公を、飯田も歯痒《はがゆ》そうに見つめている。駿之介はさらに詰め寄って、

「本当のことです。事実、あなたが九州連合国の長に据えようとしている満丸君を狙っている。そして、今も行方が分からない」

「満丸の行方はむろん気になる。鋭意、探させておるが……松井の仕業とは到底、思えぬ。それだけは、おぬしたちの間違いじゃ。なぜならば……」

「なぜならば？」

「この九州独立の計画を立てたのは、他ならぬ松井監物だからだ」

「なんと、あの家老が――!?」

ち震えていた。

駿之介が愕然《がくぜん》と息を飲み込むと、飯田も驚きを隠せず、さらに怒りの目になって打

だが、それを聞いた駿之介はますます怪しいと思った。

「なるほど……もしかしたら、家老が宣紀様を煽《あお》って、独立計画に乗せ、次に謀反の藩主に仕立てて、幕府が細川家を御家断絶するようにと画策しているのではありますまいか」

「まさか。そんなことをして、松井に一体、何の得があるのだ」

「そこのところは、まだ分かりませぬが、必ずや裏に何かあると思います」

断言する駿之介の真剣なまなざしに、宣紀公は一抹の不安を覚えたが、それでもまだ松井を信じていた。

「ならば、お殿様……あの美しい密偵もおいででしょうから、今一度、家老のことをキチンと調べてみるべきだと思います」

さらに強く駿之介が言うと、宣紀公は大きく肩で息を吸い込み、飯田にも頷いた。

三

その夜、松井の屋敷に、ひとりの貫禄《かんろく》のある武士が訪ねてきた。薄暗くて、はっきり顔が見えぬが、中庭に潜んでいるお紺は、息を潜めて、話を聞いていた。

「……どうも雲行きが怪しくなっておるが、その後は、どうなっておるのだ」

武士が尋ねると、松井は恐縮しながらも、

「すべては準備万端整ってござる。後は、殿様一家を殺した上で、殿様は謀反がバレそうになったので切腹したと公儀に届け出れば、何もかもが上手《うま》く運びましょう」

「油断をするな。妙な奴らがうろついておる」

「妙な奴ら……」

「気付いておらぬのか。おまえが懐柔しようと思った阿蘇嶽は、宣紀殿の手の者。おぬしが取り逃がした〝御城奉行〟と名乗っている一色駿之介は、あの大岡越前とは昵《じっ》懇《こん》の仲……上様が放った密偵であることは、間違いあるまい」

「やはり……」

「〝御城奉行〟などと、新しい役職を俄に作ったこと自体がおかしな話ではないか」

「まあ、そうだとは思いましたが……」

「大目付だの巡見使だのが来ているならば、儂《わし》が知らぬはずがあるまい」

武士は不気味な笑みを浮かべて、窪《くぼ》んだ奥にある目をギロリと動かした。

「いずれにせよ、此度の企みが表沙汰になるようなことがあれば、おぬしの命もない。さよう心得ておくがよい」

「ご安心下さい。この熊本城下、いや肥後中は私の支配も同然でありますれば」

余裕の微笑を返したとき、ガラガラ——と鳴子が響き渡った。

「曲者《くせもの》じゃ！　出会え、出会え！」

廊下の方から、家臣の声が響いた。微動だにしない貫禄ある武士と違って、松井の方は俄に狼狽《ろうばい》して立ち上がった。障子戸を開けると、既に数人の家来たちが駆けつけていて、月も照らしていない中庭に目を凝らしていた。

そこには、仏像のような大きな塊が、黒い影となって立っている。

「——誰だ……」

松井が前に出て声をかけると、ズイと一歩進み出た黒い影は、阿蘇嶽であった。

「あっ。おまえは……生き埋めにされたのではなかったのか」

思わず言った松井に、阿蘇嶽はニンマリと笑って、

「語るに落ちたな、このクソ家老。俺は、〝横手五郎《よこてごろう》〟か？」

横手五郎とは、天草一揆《いっき》の際、加藤清正と一騎討ちして負けた木山弾正《きやまだんじょう》という武将の子である。五郎は、父の仇討《あだう》ちをせんと毘沙門天《びしゃもんてん》より七十五人力の怪力を得て、清正に近づいた。熊本城築城の折には、石垣の隅石を一人で持ち上げたので、自分を付け狙っている弾正の倅《せがれ》ではないかと疑り、清正は警戒した。

そこで清正は井戸を掘らせて、その中に入った五郎に向けて大石を投げ落としたが、怪力ゆえ、すべて受け止める。それを足場に登ろうとするのへ、さらに大きな石を落とし、小石を流し込んで埋めたのだ。その怨念を鎮めるために、横手村に祠《ほこら》を建てて、横手大明神としたという伝説がある。

「おまえ……どうやって出てきたのだ」

「落とし穴の中に運良く竹があったのでな、小石の隙間から地上に出して、息を吸うとったたい。砂利を少しずつ掻《か》き分け、押し出していると、近くの村の者たちが気付いて助けてくれた」

「…………」

「あの山伏たちは、やはり、おまえの手下だったたか」

阿蘇嶽はさらに近づきながら、

「そんなに驚くことはなかろう。横手五郎の話でも、その後、蘇《よみがえ》って、加藤清正に仕えたとあっと。加藤清正は横手五郎の胆力に惚《ほ》れ込んで、疑ったことを詫びて、主従の約束を結び、その場で刀一振を与えた。五郎がその気になれば、清正を斬ることだってできたばい。ばってん、その清正の剛胆さに、五郎も感服したとじゃ」

と迫った。

「松井様……あんたにその勇気あるとね。事と次第では、お殿様を裏切って、あんたの家臣になってもよかが？」

「………」

「そんな度量はなさそうたいねえ」

言いながら、貫禄のある武士の顔を覗《のぞ》こうとしたが、武士はさりげなく背を向けた。

「疚《やま》しいことをしている背中たい。人は顔では騙せても、後ろ姿には本音が出る……どうせ、松井家老を利用して、一儲《ひともう》けしようとでもいう腹だろうが、無駄なこつたい。松井は一筋縄ではいかぬ男とぞ」

「黙れ、下郎」

怒りを露《あら》わにした松井に、阿蘇嶽は突進して張り倒そうとしたが、寸前、家臣たちが抜刀して立ちはだかった。

「なるほどな……山伏に扮《ふん》していたのは、おまえたちのごたる。動きが同じだ。若君を何処《どこ》へ連れていった」

「さあ、何のことだかな」

「惚けるな。お殿様はおまえのことを心底、信じていたのだ。ばってん、一番の裏切り者だということは、俺がよう知っとる。満丸君を捕らえて、どうする気だ」

「しつこい奴だな……おまえがキチンと守っておれば、良かったのではないか」

「うるさい。返せ、このやろう！」

阿蘇嶽が怒鳴ると、ゆっくり襖《ふすま》が開いて、その奥から、満丸君が顔を出した。見るなり、阿蘇嶽は駆け寄ろうとしたが、その喉元に刀の切っ先や槍の穂先が何本も伸びてきた。

「——ご無事でしたか……おいたわしい」

安堵したように声をかけた阿蘇嶽に、満丸君は冷ややかに言い返した。

「誰だ、おまえは」

「何をおっしゃいます……建部賢弘様の陣屋に匿われていたのを、お殿様の所に連れて行くために迎えに……」

「細川の殿様の元になんぞ、行きとうない。私はこれでも小倉新田藩の者じゃ」

「そんなことを、おっしゃらず……お殿様は心配しておいでです」

「御輿になんぞされるのは御免じゃ」

「えっ、御輿……？」

「新しい国の殿様にする気であろう。私は、細川宣紀公の野望の道具にされるのは、元々、嫌だったのじゃ」

満丸君は真剣なまなざしで睨みつけたが、阿蘇嶽は松井に向かって、

「何を吹き込んだ。若君は、細川家に連なる御仁なのだぞ」

「さあ、知らぬな。親でも子でもないのだから、宣紀公への忠孝を求めても無駄だ。だが、この子は聡明《そうめい》だ。いつかは、肥後国どころか、九州全土いや、この国の将軍になれる器やもしれぬ」

「一体、何をしようというのだ、おまえは」

「殿様がそんなに大事な子ならば、自ら、お助けにくればよい」

松井は満丸君を思うがままに操っている様子だった。だが、何が目的なのかは、阿蘇嶽には分からない。ただ、宣紀公を陥れようとしているのは確かなようだった。

「――満丸君……あなたは今、小倉新田藩の子だとおっしゃいましたが、まことのことを知っておいでですか」

「まことのこと?」

「この際、伝えておきます」

阿蘇嶽は満丸君に揺るぎのない目を向けて、

「あなたは、宣紀公の実の子です」

「!……」

「まだ赤ん坊の頃、小倉新田藩の小笠原家当主が重い病になった。そのままでは御家存亡の危機故、次男のあなたを跡継養子にすると、父上である宣紀公は決断されたとです」

満丸君は複雑な顔になった。

「しかし、小笠原家当主は元気になられ、実子ができたために、あなたは複雑な立場になってしまった……その気持ちを殿は、よく分かっていたとです」

「………」

「かといって、熊本藩にはすでに紀達《のりたつ》様がおられる。だから、あなたのために……まさに、あなたのために、九州独立国の話を実現しようと思っていた。まことんこつたい」

黙って聞いている松井に、阿蘇嶽は振り向いて、

「ご家老。そのことを、あなたも重々、承知しているはず。いや、むしろ、あなたが率先してきたはずだ。なのに何故、満丸君をこんな目に遭わせるとや。殿が失敗するのを望んでおるのか。いや、殿を謀反人に仕立て上げるために、かような計画を立てたに違いなか」

と詰め寄ろうとしたが、満丸君が松井の家臣たちを押しやるように前に出てきた。

「どのみち、私には居場所がないということだ」

「いや、それは違う……」

「もうよい。宣紀公が実の父なら、尚更のこと、もっと思いやりがあってよいはずだ。もう翻弄されるのは嫌だッ」

初めて大声を放った。

「どうせ私は何者でもない。ならば、これからは松井監物様の子として、生きていこうと心に決めた」

「満丸君……なんという短絡な……」

「自分でじっくり考えて決めたことだ。そう宣紀公に伝えてくれ」

答えに窮した阿蘇嶽に、松井はほくそ笑み、

「そういう訳だ。これ以上、〝我が子〟に関わると、親として容赦せぬ」

「ふざけるな！　満丸君は歴《れっき》とした細川家の若君だ！」

阿蘇嶽の大声にたじろぎ、迷ったように狼狽する満丸君の背中を、松井はポンと叩《たた》いて鼓舞するように言った。

「命じなされ、この男を始末しろと。さすれば、家臣たちはすぐさま従うぞ」

「…………」

「躊躇《ちゆうちよ》することはない。かような輩は必ず、隙あらば牙を剝《む》いてくる。さあ、勇気を出して一歩、踏み出すがよい」

松井の指図のままに、満丸君は「やれ」と声を張り上げた。

途端、家臣たちは阿蘇嶽に向かって斬りかかった。だが、素早く避《よ》けた阿蘇嶽は躍りかかってくる家臣たちを足蹴にしたり、張り倒したりして松井に向かった。

そのあまりの強さに、満丸君は凝然として立ち尽くした。しかし、松井は冷静に満丸君を背後から抱き寄せると、その首根っこに脇差しをあてがった。

「大人しくせい。でないと、殺す」

「⁉――この卑怯者《ひきようもの》めが。これで分かったか、満丸君。本気で自分の息子にするなどとは、そいつは考えてなんぞおらんとぞ」

阿蘇嶽の動きが止まると、満丸君は恐怖心よりも諦めの表情になった。

「若君……さ、帰りましょう。本当の父の元へ」

優しい声で阿蘇嶽が手を差し伸べたとき、その背中を家臣のひとりが、バッサリと斬りつけた。着物が裂け、鮮血が飛び散った。阿蘇嶽は何事もなかったように振り返ると、刀を撥《は》ねのけ、家臣の首を摑むなりガキッと鈍い音を立てて首を折った。

「さあ、若君……私と一緒に……」

さらに他の家臣が斬りかかったが、腰が引けているため、切っ先すら届かなかった。

「近づくな。本当に殺すぞ！」

松井が悲鳴に近い声を張り上げたとき――

パパン、パパンと爆竹が激しく弾《はじ》ける音がして煙幕が広がった。わずかに目が眩《くら》んだ松井は誰かに突き飛ばされ、満丸君は引き離された。

「阿蘇嶽。さ、こちらへ」

煙の向こうから声をかけたのは、お紺であった。

だが、仁王立ちの阿蘇嶽は微動だにしなかった。最初の一刀が意外にも深傷《ふかで》で、もはや一歩も動くことができなかったのだ。

お紺はそれを見届けるように、満丸君を連れて立ち去った。

追いかける家臣たちの前に立ちはだかった阿蘇嶽は、何人かを纏《まと》めて抱きかかえるようにして押し返した。

「どけ！　邪魔だ！」

抜刀して斬りかかるが、阿蘇嶽は壁のように動かないまま、抱きかかえた家臣たちの腕や肩、首などを次々とへし折った。

すっかりと煙が晴れたとき――阿蘇嶽は血だらけで立っており、カッと目を見開いたままであった。

その姿を座敷から見下ろしていた松井は、腰が砕けて仰向《あおむ》けに倒れた。すでに、貫禄のある武士の姿はない。

「――ま、待て……儂が悪かった……おまえに恨みはない……」

命乞いをする松井を、阿蘇嶽の血走った目が睨んでいたが、しばらくすると前のめりに地面に倒れ、地響きが鳴った。

松井はゆっくりと立ち上がると、そっと近づいて、

「木偶《でく》の坊めが。地獄に堕《お》ちろ」

と呟《つぶや》きながら、何度も足蹴にしていた。

四

花畑屋敷に連れて来られた満丸君は、宣紀公の前で打ちひしがれていた。

廊下には、お紺が控えていたが、やはり俯《うつむ》いたままだった。

「死んだ……阿蘇嶽は死んだのか」

「申し訳ありませぬ。私がついていながら……せっかく生き埋めにされそうなところを這い出て、満丸君を助けに来たのに」

「あの不死身の阿蘇嶽が……」

宣紀公はがっくりと両肩を下げ、深い溜息をついた。しばらく瞑目《めいもく》してから、満丸君の方を見やって、

「阿蘇嶽には悪いことをしたが、おまえが無事でよかった、満丸……あやつは横手五郎さながらの忠臣じゃ。おまえを救うことができて、喜んでおるであろう」

「…………」

「お紺。すぐに手の者を送って、丁重に葬ってやるがよい」

「ハッ。承知致しました」

頷いたお紺だが、松井のことはどう処分するかと訊き返した。

「そうよのう……余はまだ、松井が裏切り者とは思えぬのだが……細川家と松井家とは、戦国の世から深い絆《きずな》があるゆえな」

「ご心中はお察し致しまするが、禍根を残すようなことをしてはならないと思います」

「厳しくせよということか」

「松井様のお屋敷には、今ひとり正体の分からぬ武士がおりました。弥平次が調べておりますが、松井様には仲間がいるということです。お殿様にはくれぐれもご用心を」

「相分かった……倅とふたりだけにしてくれるか」

お紺は頭を下げると、風のように立ち去った。

満丸君はまだ俯いたままである。宣紀公はそっと近づいて、その肩に触れた。

「長い間、辛《つら》い思いをさせたな」

「…………」

「だが、これからは余が全力で守る。父らしいことをしたいと思う」

「父親らしい……」

顔を上げた満丸君は、吐き出すように、

「それは、どういうことですか。一緒に遊んだり、学んだりすることですか。私はそのようなことは望みませぬ。小倉新田藩にあっても、血の繋《つな》がってないお父上は、大切に育ててくれました」

「ならば、何故、そうすねておる」

「すねてなどおりませぬ」

「そうか……それなら、いいのだが、随分と余を恨んだことだろうのう」

「恨んでなんぞおりませぬ。武家に生まれたからには、御家の都合というものがありましょう。私が小倉新田藩に送られたのも、様々な事情があったと承知しております」

毅然と満丸君は言ったが、それが本音ではない。自分でもどうすることもできぬ苛立ちが、溢れ出てきていた。

宣紀公もそれは察している。それゆえ、優しい言葉をかけているのだが、十何年も離れていたのだ。すぐに、実の父子の関わりに戻れるはずがない。むしろ、難しい年頃でもある満丸君が、反発しない方がおかしい。

だが、宣紀公の方もうまく接することができず、

「これからは安心して、暮らすがよい。この花畑屋敷は、おまえの家《うち》だ」

とだけ言った。

満丸君自身も、自分のために何人もの人間が死んだことに思いを馳せ、傷ついているようであった。宣紀公はあえて何も言わずに、黙って見つめていた。すると、満丸君の方から話しかけてきた。

「――家老の松井監物は悪い奴です。騙されていると思います」

「…………」

「お殿様が思い描いている九州の独立なんてものは、夢物語だと思います。そんなことを信じているお殿様は、愚かだと思います。松井監物を疑いもせず、言いなりになって、本当に間違っていると思います」

「そうかな……」

宣紀公は静かに言い返した。

「愚かとは思っておらぬ。たしかに松井が立てた計画だが、余は面白いことだと思った。間違っているとしたら、世の中の方だと思う。人はみな生まれながらにして等しく大切なものだ。身分によって差別されてはならぬ」

「そうは思えませんが……子に親が選べないように、自分が如何《いか》なる身分に生まれるかは、運命《さだめ》としか言いようがありませぬ」

「その生まれがどうであれ、公平で公正な世の中であるべきだ。おまえが殿様がいやで、商いをやりたければできて、逆に百姓から太閤《たいこう》秀吉公のように、立派な為政者になれる世の中が良い世の中とは思わぬか」

釈然としない顔で、満丸君は聞いている。説教臭くならないように、宣紀公は心がけたつもりだが、ついつい力が入ってきた。

「余はそのような新しい国造りを、おまえに手伝って貰いたいと思うておる」

「…………」

「大勢の人々の考えをまとめて、吸い上げて、より良い世の中を目指す。さすれば、政事に纏《まつ》わる無駄な争いや民百姓らによる不満も減り、一揆などもなくなろう」

宣紀公は意志の強い目になって、我が子に懸命に言った。だが、満丸君には難しいのか、答えることができなかった。


一方――

八代から熊本城下の外れに、本陣を移していた建部賢弘を、駿之介は訪ねていた。

古くから曹洞宗《そうとう》の本山として知られている大慈禅寺の宿坊を、本陣として使っていたのだ。

曹洞宗の開祖・道元《どうげん》の高弟・寒巌《かんがん》禅師によって、弘安《こうあん》元年（一二七八）に創建されたという。本堂には、熊本では最大と言われる釈迦如来坐像《しゃかにょらいざぞう》が安置されている。立派な山門は、入るのが躊躇《ためら》われるほどの威厳があった。

建部は一応、居室に迎え入れてくれたものの、駿之介の登場をあまり快く思っていないようだった。何かを探っていることが、どうも気に入らないらしい。

「――御城奉行……などと言いながら、とどのつまりは、隠密の真似《まね》事をしていたのですな、駿之介殿は」

やりきれない口調だった。自分は公儀測量方として、日々、仕事をしているのに、駿之介は無聊《ぶりよう》を決め込んでいるかのように感じているようだった。

「明日は、井沢蟠龍子先生とともに、藩主の屋敷に赴くらしいですな」

駿之介が尋ねると、建部は目を丸くした。

「どうして、そのことを……」

「宣紀公ご自身に聞きました。その家来からも、色々と耳にしましたが、先生に預かって戴《いただ》いていた満丸君……無事、宣紀公のもとに届けることができました」

駿之介が言うと、ほんのわずかだが、建部の眉が逆立った。その動きを見逃さなかった駿之介は、すぐに問い返した。

「何か……？」

「あ、いや……それは、ようござった」

「実は、建部様の八代の本陣を出た直後に、阿蘇嶽は山伏に扮した何者かに襲われたそうです。ご存じでしたか」

「いや、知らぬ」

きっぱりと建部は返事をしたが、駿之介はあえて訊《き》き返した。

「本当に、ご存じない」

「ああ……」

「ならば、お話ししておきましょう。山伏に扮していたのは、熊本藩の家老・松井監物の家臣でした。つまり、建部様が匿っていた満丸君を奪って逃げたのです」

「そんなことが……」

「ですが、不死身の阿蘇嶽は蘇り、生き埋めにされた穴から這い出て、松井の屋敷に押しかけ、満丸君を助け出したのです。立派な家臣だと思いますよ。今頃は、ゆっくり阿蘇の湯にでも浸《つ》かっているのではないかな」

「阿蘇の湯……」

「あちこちに湯治場があるから、傷を癒しているのです」

「まだ生きていたのか」

「――え……？」

「あ、いや……なんでもない」

誤魔化すように首を横に振る建部を、駿之介は睨みつけて、

「どうして、阿蘇嶽が死んだと……それとも、松井屋敷で起こった一部始終を、すでにご存じだった？」

その話はもういいと手を振った建部に、畳み込むように駿之介は言った。

「これは、お紺……いや、宣紀公の密偵から聞いた話ですが、満丸君はこう言っていたそうです。山伏に扮した男の中には、建部様の用人である越智がいたと」

「そんなバカな……」

「何度か命を狙われているのです。忘れられる顔ではありますまい。はっきりお答え下さい……越智はあなたの命令で動いているとしか、思えないのですが。違いますか」

「断じて、違う」

「ならば、何故、阿蘇嶽の動きが筒抜けだったのでしょう」

「――駿之介殿……私の何を疑っておるのです。私はただ測量のために……」

「それに嘘はないでしょう。ですが、あなたは幕府きっての有名な学者だ。天下御免で、どこの藩にも出入りできるだけに、それを利用している輩もいる」

「……………」

「隠密狩りをしていたのは、宣紀公ではなく、松井だということ、この私が身をもって調べ出しております。その松井とあなたが、繋がっている節がある」

駿之介が責めるように言うと、建部は押し黙ってしまった。

「宣紀公は、あなたのことを、吉宗公の信望も厚い学者だとして信頼している。だからこそ、〝十六夜会〟の面々も含めた、新しい国造りの集まりに呼ばれているのでしょう」

建部は目を閉じて、駿之介の言葉にじっと耳を傾けている。

「あなたは諸国を遍歴して、しばらく八代を含めて肥後に逗留《とうりゅう》している。以前から、松井と深い繋がりがあったとは考えられないのですが……本当は何かを画策しているのですかな」

「……………」

「亡くなった阿蘇嶽は、九州のほとんどの外様《とざま》大名が交わした連判状を、松井の家臣から見せられた。私が見たわけではない。だが、その話を聞いたが、討幕を誓い合ったものだとか」

駿之介は建部に少し近づきながら、

「そんなことが信じられましょうや。その連判状は、奪われたものでも何でもない。宣紀公が松井に預けた、本物の連判状です」

「本物……」

「ただし、討幕ではなく、九州を独立国にするために、宣紀公がお声をかけて集めた諸大名の連判状だッ」

建部の表情や態度が俄に、苛ついた様相を呈してきた。

「その連判状には、謀反を匂《にお》わせる文言はあるものの全ては分からず、署名の部分が残されていた。いや、松井はあえて、それを阿蘇嶽に見せて、殿様を謀反者に仕立てようとしたのかもしれぬ。阿蘇嶽が宣紀公の家来とは知らずに」

「…………」

「いや。今となっては、すべて承知の上で、松井は動いていたのやもしれぬ。あの連判状は、藩主の謀反をでっちあげるため、あえて署名の所だけを見せて、国衆や郷士たちを集めていたのだ」

駿之介は真剣なまなざしで、詰め寄った。

「あなたが、この一件に関わっているなどとは思いたくない。だが、それが事実なら、万死に値する。公儀への大きな裏切りだからだ。どうなのです」

「……待て、駿之介殿。私には、一体、何の話か、まったく理解できぬ」

必死に否定する建部だったが、それでも駿之介は語気を強めて、

「主君殺しを企む松井と公儀隠密……本来なら敵対するはずの両者が手を結んでいるとすれば……その裏には何があるのか。あなたなら、ご存じではありませぬか……正直に話すことが、あなたにとっても得策だと思いますがね」

と、さらに睨みつけた。

建部は苦笑すると、呆《あき》れかえったような声で言った。

「駿之介殿……おぬしの父親の駿慶殿のことも、奥方の芳枝さんのことも知らぬ仲ではない……公儀の裏切り者扱いは悲しい」

「ならば、正直に話して下され」

「ふむ……実に、父上に似ておる。だが、下手な正義感は自分を追い詰めることになりかねませぬぞ、父上のようにな」

「なんだと……」

「まだ、お若いから分からぬかもしれぬが、世の中は単純ではない。善悪だけで動いているわけでもなければ、敵と味方に分かれているわけでもない。実に混沌《こんとん》としたものだ」

「そうやって正当化したいのか」

「いいや。現実の話をしているのだ。理想は結構だが、殊に政事については、より良き世の中になれば良いだけの話……何方《いずかた》からも聞いたことがありましょう」

「…………」

「美しい世の中なんぞ、何処にもありませぬ。測量地図を作っていてよく分かります。そこには土地があり、海があり、人が暮らしている。それだけです。何が美しいか醜いかは、人が決めること。私はただ、現実に生きている、この世の有り様を克明に刻んでいるだけです……駿之介の考えは実に青い。青臭くて反吐《へど》がでる」

「建部様……」

「――もうよろしいかな。私は、あなたのように、遊んでいるわけではありませんのでな。今日も測量で疲れています」

人が変わったように厳しい顔つきになって、駿之介を追い返すのであった。

「何を言っても無駄のようですな……だが、恐れながら、私はその青臭いことのために、あなたを斬るかもしれぬ。それが正義に適《かな》うのであれば」

駿之介は毅然と言って、儀礼的に頭を下げて立ち去るのだった。

五

熊本城中の本丸御殿には、本来、住んでいるはずの宣紀公はおらず、家老の松井がまるで〝お殿様〟気分で、御座之間で寛《くつろ》いでいた。江戸城ならば中奥にあたり、将軍の私邸である。

我が物顔で家臣をはべらせ、公儀に対して謀反を企み、着々と事を進めている宣紀公のことを批判していた。

居並ぶ家臣たちを前にして、気勢を上げて申しつけた。

「只今より、この御城は、〝御家一大事〟の事態と定め、この家老・松井監物が、お殿様の城代として、すべてを取り仕切る。このことは、藩の重職たち一同が認めたことである。よって、御殿様は〝主君押込《しゅくんおしこめ》〟と致す」

主君押込とは、悪《あ》しき所行を繰り返したり、頭がおかしくなった藩主を謹慎の上、拘禁するという特例である。藩内も今でいう非常事態宣言のようになり、領民のあらゆる言動が監視される態勢となる。

並み居る重職たちの中には、宣紀公を慕っている者もいるが、藩政の実権は家老職の松井が掌握しているため、その意に従わなければならない。下手に逆らえば、即刻、御役御免になりかねないからである。

しかも、家柄家老は、藩主の素行を監視し、御家が潰されないように配慮するのが、主な務めである。主家が亡くなれば家臣と一族が路頭に迷う。そうならぬよう尽力する家老を支えるのは、また家臣の義務であった。

「ご一同もすでに承知しているとおり、殿は近頃、妙な輩と一緒になって、祖法を破る行いをしておられる。私も案じてはおったが、目に余る所行が多くなった。なんとか阻止せねばなるまい」

松井は深刻な表情になって、集まった重職たちひとりひとりに訴えるように話した。

「代々、細川家のお殿様は、本丸御殿ではなく、花畑屋敷にて暮らしており、奥向きもそちらにあるが、それをよいことに、宣紀公はあらぬ輩と通じておる」

「あらぬ輩とは、誰のことでございまするか」

重臣のひとりが声をかけた。

「たとえば、加藤十六将の子孫と名乗る〝十六夜会〟の連中……まことにその係累かどうか、実に怪しいものだ」

「たしかに加藤家は、御家断絶になっておりますからな」

「むろん、細川家に組み込まれた家もあるが、ならば細川家の家臣であろう。今更、加藤家を守り立てるような行いは、細川家を蔑《ないがし》ろにしているとしか思えぬ」

「しかし、松井様……当のお殿様が召集しているやに聞き及んでおりまするが」

「さよう。よもや加藤家の復活を望んでおられるとは思えぬが、この者たちを集めて、謀反を企てているのは確か」

「まことですか」

「殿は、九州の外様大名を集めて、幕府に刃《やいば》を向け、自分が九州国の新たな帝になろうという画策までしておる。これはもはや、まともな所行ではあるまい。ここで止めねば、細川家のみならず、肥後国が滅んでしまうやもしれぬ。それだけは、どうしても避けたい」

真剣に訴える松井は、己の言葉に感涙したかのように打ち震えていた。

「実は……」

喉元を鳴らして、松井は一同を改めて見廻《みまわ》した。

「ご公儀のさる御仁から、この私は密かに忠告されておる。まだ、その名は明かせぬが、いずれこの城に迎え入れる所存だ」

「この城に……」

「さよう。幕府に対して、熊本藩は何の疚しいこともない、という証《あかし》を立てるためだ」

「もしかして、大目付もしくは巡見使でございまするか」

別の重臣が身を乗り出して訊いた。松井は答えるのに逡巡《しゅんじゅん》していたが、

「──もっと、身分が上の御仁……とだけ言うておこう」

「もっと上の御仁ですと」

重臣たちは動揺したようにどよめき、溜息が洩《も》れた。

「今や我らが試されている……と言ってもようござろう。我が松井家は、代々、細川家に忠誠を尽くしてきたからこそ、あえて言うが、馬鹿な殿様のせいで、幕府の逆鱗《げきりん》に触れ、藩を滅ぼすことだけは避けたい。あらぬ妄想に囚《とら》われて、国を傾けることは、これまでも幾らでもあったことだ……今こそ、我ら忠臣の正念場でござる」

松井は朗々とした声を張《みなぎ》らせ、力強く懸命に鼓舞するように言った。

「よいか、ご一同。今こそ、傾いた屋台骨を立て直さなければならぬ。大黒柱として、宣紀公の継嗣である紀達様を据える。すでに、八代将軍吉宗公の『宗』の字と、祖先

である細川藤孝《ふじたか》の『孝』の字を授かり、宗孝《むねたか》と名乗ることが決まっている由」

「宗孝公……」

重臣たちは感銘した声を上げた。

「さよう。宗孝様は、まだ十六歳だが、お父上と違って、芯がしっかりしておられる。藩主に相応《ふさわ》しい器量に違いない」

松井は宣紀公のことを悪し様に言ったが、重臣たちが異論を述べることはなかった。中には忸怩《じくじ》たる者もいるはずだが、松井には逆らえない雰囲気が広がっていた。

「しかし、殿は宗孝様を差し置いて、一度は養子に出した満丸君を呼び戻した。長幼の序でいえば、宗孝様が次期藩主になるため、弟の満丸君は、〝九州国〟の帝にするなどと、妄言まで吐くようになったとは、我々、家臣としては看過できることではない。かくなる上は……」

同意をする者たちは、大きく頷いて、松井の次の言葉を待っていた。

「かくなる上は、〝三天守〟と呼ばれる大天守、小天守、宇土櫓《やぐら》を中心にして、この城を固め、城内の飯田櫓を攻める」

「飯田櫓を攻める……ですと？」

重臣たちはざわついたが、松井は当然のように言った。

「加藤十六将と名乗る、飯田覚兵衛ら愚かな奴らが、飯田櫓に立て籠もっているからだ。飯田櫓は、裏切り者が城内を占拠したときに返り討ちにするための砦《とりで》だと、覚兵衛めはいけしゃあしゃあと話しておる」

「では、熊本城内で戦が起きると、おっしゃるのですか」

「私とて、そのようなことはしたくない。だが、この城の中で、不逞《ふてい》の輩が跳梁跋扈《ちょうりょうばっこ》し、飯田櫓に籠城して仕掛けてくるならば、叩き潰すのが我らの役目だ。そうであろう」

松井は念を押した。

「そのためには、その指揮を執っている花畑屋敷の殿も折檻《せっかん》致し、二度と本丸御殿に帰って貰う必要はない」

花畑屋敷も取り上げ、松井の本拠地である八代城内に幽閉するしかないと考えていると、重臣たちに伝えた。

さすがに、殿様に対して「折檻」という言葉を遣うのには違和感を覚えたのか、重臣のひとりが確かめるように訊いた。

「たしかに一大事ではありますが、殿のお命まで戴く気では……」

「それは、殿の出方次第じゃ」

「では、万が一の時には、その覚悟をせよと仰せですか」

「さよう。そのために、幕府のさる御仁の後ろ盾があるのだ。むろん、私とて、少なからず恩義のある殿には刃など向けとうはない。だが、御家存亡の危機である！　心を鬼にせねば、熊本藩は守れぬのだ！」

猛然と声を張り上げる松井に、一同は圧倒されて言葉を失っていた。

「その殿の出方を見極めるために、明日の集まりに、私の手の者も参加させる。殿様が非を認めて、自らの身を処すことを願うばかりである……」

最後の方は静かに言って、長い溜息をついた。能楽師がひと舞い終えたが如き静寂が訪れ、重臣たちはそれぞれ夢幻能でも観《み》た後のように、身じろぎもせず呆然《ぼうぜん》としていた。


花畑屋敷には、〝十六夜会〟の面々を中心に、いつもの豪商や学者、そして地主、町名主や惣庄屋《そうじょうや》らを初め、寸志御家人や郷士、浪人など数十人が寄り合って、新しい国造りについて話し合っていた。

そこには、建部賢弘と井沢蟠龍子もいた。旧知のふたりは、共通の師匠や学者仲間などの話をして、再会を喜んでいた。

またぞろ、様々な意見を持ち寄り、侃々諤々《かんかんがくがく》、話し合いができると、上座から眺めている宣紀公の目も穏やかだった。

「皆の衆……今日は良き日じゃ。余の考えに賛同した方々が、肥後熊本に限らず、九州各地から足を運んでくれたこと、嬉《うれ》しゅう思う。心から感謝しておるぞ」

物言いはいかにも殿様らしいが、心から望んでいたことを、心易《こころやす》い人たちと語れることを喜んでいる様子だった。

「初めに言うておくが、この場は、如何なる意見を、どのように発しても良い。誰かに遠慮するとか、忖度《そんたく》して言いたいことも言わないとか、下らぬ意見だと自分で引き下げるとか、人にバカバカしいと思われるとか、そのような気遣いは一切無用じゃ。むろん、余に対してもな」

気さくに宣紀公が言うと、温かい笑いが零《こぼ》れた。

「九州を独立したひとつの国にする——この理想はまことに素晴らしい考えだと思う。神世の頃からの話をするつもりはないが、天孫降臨は日向の地にあり、邪馬台国《やまたいこく》は筑前や肥前にあったと言われておる。古くは朝廷と戦った土地柄でもある。しかし、今は戦乱の世を経て、徳川幕府の治世。揺るぎない平和と繁栄をもたらしてくれており、諸国との仲も安泰。まさに、ひとつの国である」

宣紀公が自説を述べるのを、気を張るのではなく、誰もが穏やかな顔で聞いていた。

「その徳川幕府に弓引くなどと騒いでおる輩もおるようだが、余はもとより、ここにいる者たちも誰ひとり、さような恐れ多いことは考えておらぬ。幕藩体制は維持しつつ、昔のような交易を中心とした、より大きな世界との繋がりを深めようではないか……と考えているのだ。つまり、九州全体が、長崎になるというようなものだ。それは、徳川幕府のためにもなろう」

いつものように朗々と話す宣紀公は、楽しそうであった。

「ここで、余の尊敬する学者を二方紹介いたそう。我が藩の藩士でありながら、御用学者でもある井沢蟠龍子殿、そして公儀測量方として肥後に逗留しておる建部賢弘殿……さあさあ、こちらへ」

殿様の指名とあっては出ざるを得ず、一同の前に立った。宣紀公はふたりのことを信頼しきっているように見ながら、

「藩内の者は知っておろうが、蟠龍子殿は関口流居合の達人であり、国学者としては『広益俗説弁』や『神道訓』など啓蒙書《けいもうしょ》を百巻以上も書いておる。むろん、『肥後国史』や『肥後地誌略』など地元のことも、知らぬことはない」

と紹介した。

「そして、建部賢弘殿は、蟠龍子殿とも交流があるそうだが、言わずと知れた将軍・徳川吉宗公が最も信頼して、師と仰ぐ数学者であり、暦学者であり、測量方である」

思い思いに座っている一同は、おおっと嘆息の声を上げ、歓迎の拍手をした。蟠龍子は顔馴染《なじ》みも多いが、建部賢弘は気恥ずかしいのか、いつもの威厳ある態度ではなく、むしろ謙《へりくだ》っているように見えた。

「この建部賢弘殿には、いずれ海を渡って貰い、他国の地図も描いて貰いたいと考えておる。日本地図に留《とど》まらず世界地図をな」

宣紀公が正直な気持ちで話すと、建部はとんでもないと首を振り、

「私はごらんのように、もう年寄りでございます。異国に行くのはご免蒙りたい」

と言いながら笑った。

見ている者たちからも、温かい笑いが起こったが、建部はなぜか真剣なまなざしになって、集まった人々を見廻しながら、

「皆様のお考えは、宣紀公からも聞き及んでおりまするが、あえて私からも正直な話をしておきたいのです。忌憚《きたん》のない意見をと、宣紀公に言われておりますので」

「もちろんじゃ。なんなりと、お話し下され」

宣紀公が笑顔で勧めると、建部は一礼して、一同の前に一歩出た。

「私が日本中の沿岸を測量して廻っているのは、より正確なこの国の地図を作る――というのが第一義であります。鏡で自分の姿を見るように、この国の形を見たいというのが、上様のご意向だからです」

建部の顔はますます真面目になって、

「ですが、もうひとつの目的があります。それは……近年、日本沿岸に異国船が出没しておるようですが、その探索をし、逐一、幕府に伝えることです」

と言うと、居並ぶ人々から、なんとも言えぬ溜息が洩れた。公儀隠密の役目もあるとバラしたようなものだから、不信感を抱かれたに違いない。それでも、建部は続けた。

「ご存じかとは思うが、北は蝦夷から、越後、越前、対馬《つしま》まで、九州沿岸は特に、異国が視察に訪れておる。長崎には奉行や代官がおり、清《しん》とオランダに限り交易をしておるが、西欧などの事情を仕入れております。その筋からの話によれば……」

興味を引くような言い草に、一同は身を乗り出して聞いた。

「異国が、この九州の地を取り込み、幕府と一戦交えるというような、まことしやかな話でござる。いや、しかし、それが事実とは私には到底、思えませぬ。されど……」

建部は宣紀公を振り返り、

「殿様のように、九州の独立などと大声を上げて、かようなことをしていれば、幕府からみれば『謀反の疑いあり』と思われても仕方がありませぬ。それは、私の望むところではありませぬ。ですから……」

そこまで言ったとき、蟠龍子が止めた。

「失礼ながら、建部様……あなたは、この会に水を差しに来たのですかな」

「いや。そうではない。そうではないが……」

「殿が最初に言ったとおり、断じて、謀反などではない」

「分かっております。ですが、誤解を受けられることが、私には耐えられないのです」

「その見解がもうガッカリだ。たしかに、あなたは公儀の測量方だ。しかし、この場は新しいことをしようという者たちの集まりだ。やめろという意見は不要です」

蟠龍子がキッパリと言うと、〝十六夜会〟の面々も、他の者たちも、建部に対してがっかりだと責めた。だが、宣紀公は淀《よど》んだ空気を払うように、

「これでいいのだ。どのような意見でもよいのだ。もちろん余への批判でもよい。何が正しいか間違いかは、誰にも分からぬ。だからこそ、色々と話し合いたいのだ。

〝肥後の議論倒れ〟とはよく言ったもので、結論を得ることより、ああだこうだと文句を言いあうことが何より楽しいではないか」

と言った。

わずかに和んだが、建部だけは場違いな所にいる感じであった。

その時——宣紀公の背後にある屛風《びょうぶ》が微かに動き、人影が揺らめいた。

現れたのは、黒ずくめの着物の越智であった。腰の刀を抜き払おうとしたが、その寸前、廊下に控えていた下男と下女風のふたりが、素早く近づいて捕らえようとした。

弥平次とお紺である。

だが、越智はふたりを蹴散らすと、無言のまま抜刀し、宣紀公を斬ろうとした。

——シュッ。

その腕に、飛来した小柄《こづか》が突き立った。

投げたのは、能舞台のある中庭から駆け込んできた駿之介であった。その後押しをするように、弥平次とお紺が越智に躍りかかって組み伏せた。

駿之介も駆け寄ると、遠慮なく越智の手首の骨を打ち砕き、引きずり上げた。そして、建部を振り返ると、

「やはり、あなたの命令でしたか」

「ち、違う……」

明らかに狼狽していたが、駿之介は責めた。

「建部様。正しい日本の地図を作りたい……正確な測量で自分の国の形を摑みたい……それは、きっと、あなたの悲願だったのでしょうな」

「――そのとおりだが……」

「地図作りの援助をする代わりに、公儀は交換条件を出したのではありませぬか」

「いや、そんなことは……」

目が泳ぐ建部をじっと見据えて、駿之介は言った。

「篤と思い出して貰いたい。異国船の探索というのは嘘ではないでしょうが、さらに別の狙いもあるはず……ひとつの藩が潰れれば、何百何千の家臣が路頭に迷う。命を奪われる者もひとりやふたりではない。いや、もう何人も犠牲になっている。その人々にとっては命がけの問題なのだ」

何かを見抜かれたように、建部は困惑の表情になった。駿之介はその顔を覗き込み、

「地図はきっと立派なものができるのでしょう。それは形として末代まで残るに違いない。だが……失われた人々の命は二度と戻らぬ。あなたにとっては、名もない人々かもしれぬが、俺は地図よりも人の命を大切にしたい」

「………」

「地図の完成は、世のため人のためになるでしょう。それは俺も願っている。だが……昔のあなたは、こうではなかった。イザとなれば俺が……」

切っ先を建部に向けて斬るとばかりに、睨みつけた。

そこへ、今ひとり、侍が乗り込んできた。松井の腹心、田代兵部である。

「殿にご進言致します。ここにいても、危のうございます。殿の御命を狙っているのは、この建部様ではございませぬ。利用されているだけでございます」

「なんと……」

宣紀公も驚きの顔を向けると、田代は必死に訴えた。

「そうです。殿のお命を狙っているのは……」

言いかけた田代の喉笛に、音もなく吹矢が突き立った。這い蹲《つくば》っていた越智が、吹き飛ばしたのだ。

すぐに弥平次が短刀で突き刺そうとしたが、

「殺すな。生け捕りにせよ」

と宣紀公は命じた。

その目の前では、田代が喘《あえ》ぎながら、何かを言えずに絶命した。

楽しいはずの会に、一転して、暗雲が垂れ込めた。いや、暗雲どころではない。熊本藩が壊滅してしまうほどの豪雨が、そこまで差し迫っていた。

駿之介は悔しさに歯ぎしりしながら、建部に声をかけた。

「見ろ！　あんたのせいで、また犠牲が出た！　正直に話せ！　何を企んでる。黒幕は誰だ！　松井の裏にいるのは誰だ！」

激しく罵る駿之介の顔は、これまで人に見せたことのないような閻魔《えんま》か不動明王のような表情になっていた。

第五話　萌ゆる天守

一

飯田丸五階櫓の最上階では、目の前に聳《そび》える大天守を見上げながら、飯田覚兵衛を中心にして評議が開かれていた。

城の絵図面を取り囲み、〝十六夜会〟の面々が如何に天守を攻略して、城内を押さえ込むかという一点に絞って話し合っている。

よりによって、加藤清正ゆかりの十六将の子孫たちが、天守を攻撃することになるとは思いもよらなかった。しかも、細川の殿様を守ろうとしているのは加藤十六将であり、当主の味方であるべき家柄家老と敵対していた。

大天守には松井監物が陣取っており、副将の森脇弾正《もりわきだんじょう》が小天守を押さえ、やはり副将の小西幸兵衛《こにしこうべえ》らが宇土櫓にて守りを固め、そして本丸御殿も細川家の家臣のうち、松井の掌中にある者たちが占拠していた。

明らかに、家老による藩主への反乱に他ならないが、亡国の危難を及ぼす藩主の〝押込〟という大義名分がある。事実、宣紀公は、天災飢饉《ききん》による藩財政の苦境を放置し、事もあろうに九州を幕藩体制から独立させるという謀反まで起こそうとしている。その危機感を藩士たちは抱いていた。

「者共、よく聞け。飯田丸と二の丸は、藩主の妄想を支援し、かつての加藤清正の治世に戻そうという目論見《もくろみ》もある。そのために、宣紀公が担ぎ出されているだけかもしれぬ。気を引き締めて取りかかれ」

松井は配下の者を鼓舞し、気勢を上げた。自身が謀反の張本人であるにも拘《かか》わらず、家臣を従わせるだけならともかく、細川家の者たちも味方に付けるとは、かなりの策士である。これは、宣紀公に対して、家臣たちが不満を抱いていることに他ならぬ。

「今こそ、本来の藩政を取り戻す。財政難を口実に、百姓どもに金で士分を与えるなど、あってはならぬことだ。我らが天誅《てんちゅう》を下さねば、この国は滅びる。忠義とは、支えるに相応しい君主に対して行うべきもので、暗君に従うことではない」

今一度、松井が真剣に訴えかけると、家臣たちも気勢を上げて、

「そうだ、そうだ。今こそ、藩政を変えねばならぬ」

「飢餓に瀕《ひん》する民百姓を救うために戦うのだ」

「愚かな為政者は世のためにならぬ」

「馬鹿殿様の遊びに付き合うのは御免だ」

などと藩の重臣たちへの批難も激しく飛び交った。

もちろん、松井に与《くみ》しない藩の重臣もいる。だが、その者たちですら、宣紀公の藩政に対する危機感のなさ、だらけている領内の気風を変えない煮え切らない態度、妄想でしかない交易を中心とした国造りなどに対して、不満を隠せなかった。それゆえ、五代藩主に宗孝を据えて、藩政を刷新するという、松井の方針に大いなる期待をしていたのだ。

大天守からは熊本城内を隈無《くまな》く見渡すことができる。藩主の私邸である花畑屋敷もはっきり目視できる。

「熊本城は、かの山伏の話を持ち出すまでもなく、西側の守りが弱い。殿が兵を出すとすれば、西大手門から乗り込んで来るしかないが、そこは我が勢力が警固しておる。もし、そこを突破したとしても、南大手門を攻めるのは難しい」

松井は、まるで合戦の大将になったつもりで、戦略や戦法を立てている。

「だが、備前堀に接した飯田丸と本丸御殿に近い数寄屋丸は、宣紀公の手の者や〃十六夜会〃の者たちの家臣らが占拠し、固めておる。殿のいる花畑屋敷は、〃十六夜会〃の家臣たちが守っておるが、我が軍も遠巻きに取り囲んでおる。宣紀公が花畑屋敷から討って出て来るとなれば、馬具櫓か、厩橋《うまやばし》を渡って須戸口《すどぐち》門から突入して来るしかない。だが、そこは、東竹之丸の我が軍が本丸御殿を守っている。さらには、東十八間櫓や北十八間櫓、そして不開門《あかずのもん》などによって、大天守は堅牢《けんろう》に守られておるのだ」

熱弁を振るっている松井を、家臣たちは真剣な顔で見上げていたが、いずれも籠城戦を戦うような気概で溢れていた。それだけ、松井も本気だということだ。

——兵は詐《さ》を以《もっ》て立つ。

作戦とは敵を欺くことであるという孫子の言葉に、松井は傾倒していた。己を有利な状況に置くことは当然の理で、敵を欺くためには味方を欺くことも大切である。だが、嘘をつき通していては人心が離れることくらいは、松井とて承知しているはずだ。だが、如何なる大嘘や誤魔化しをしようが、今の松井に逆らう者はいない。宣紀公とて、未《いま》だに、どこまで松井を裏切り者だと承知しているか、分かったものではない。

「各々方。籠城に当たっては、古来、血判状を交わすのが慣わしである。万が一にも負けることはないと思うが、相手も必死の覚悟で攻めてこよう。ご一同の確たる決意をここに、したためようではないか」

松井が一枚の書き付けを出した。すでに、松井の署名と血判がある。

最初に受け取った家臣は、当然の如く、墨筆をもって署名し、脇差しで親指を切り、鮮血にて朱印するのであった。

厳かに重臣たちの署名式が行われた。

一方――。

飯田覚兵衛は五階櫓の最上階から、天守を睨みつけていた。

二の丸や数寄屋丸から見上げると、まさに熊本城には三つの天守が並んでいるように見える。攻撃しようという気概を削《そ》がれるほど、威厳ある光景だった。

だが、飯田丸と数寄屋丸に集結した〝十六夜会〟を初めとする家臣たちは、甲冑《かっちゅう》姿に身を包み、さながら戦国の合戦場に臨む態勢を整えていた。大天守や本丸の家臣たちが、襷《たすき》がけに白綾《しらあや》を頭に結んだだけのいでたちとは、大きく違っていた。

――死んでも、大天守と小天守、本丸を奪還する。

という気迫に満ちていた。

殊に、〝十六夜会〟の加藤、庄林、山内《やまうち》、天野《あまの》、木村、斎藤、赤星などは、この時を待っていたとばかりに気合いが入っていた。加藤十六将の思いを、今こそ爆発させるつもりであろう。

しかも、松井とはそもそも気が合わなかった連中である。藩内での出世も松井次第であったから、飯田丸と数寄屋丸に馳せ参じたのは、冷や飯を食わされていた者たちがほとんどだ。それゆえ、積年の恨みを晴らす好機でもあった。

だが、今般の戦いは〝私心〟で行うものではない。あくまでも、藩主を倒そうとする逆賊である家老を成敗するためである。仕掛けてきたのは松井の方だ。しかも、暗殺という卑劣な手段を用いている。常日頃は忠誠を誓う重臣でありながら、まさに〝獅子身中の虫〟とは松井のことであろう。

「松井監物は、熊本城中を掌中に収めているつもりであろうが、この飯田櫓なしには保つことができぬ。なぜならば、この飯田丸こそが、万が一、天守や本丸が敵に襲撃され、乗っ取られることがあったときには、奪還するための砦となるからだ」

力を込めて、飯田は家来たちに伝えた。

「事実、御家老や御番頭用人、御城使いなどの重臣は、宣紀公派と松井派に真っ二つになっているのではなく、むしろ殿に与する者が七割方だ。様子を窺っている家臣もいる」

冷静に飯田は分析している。

「家老の有吉将監《しょうげん》、長岡帯刀《ながおかたてわき》様はすでに花畑屋敷の方に控えている。島田《しまだ》様や落合《おちあい》様、中山《なかやま》様に青地《あおじ》様たち、重臣のお歴々も、この五階櫓や数寄屋丸の長屋櫓に集まり、いつ決戦になってもよいように戦支度は整っている。相手の出方次第では、鉄砲にて狙い撃ちにできるのだ」

一触即発の雰囲気に、城中全体が覆われていた。熊本藩士は上から下まで、八千数百人がいる。それが城内で争うこととなれば、大騒動である。城での騒乱自体が、公儀から改易の理由とされよう。

当時、全国に藩士は四十万人余りいた。もちろん浪人は除く。そのうち、九州全体では十一万人程の武士がいた。つまり、この国の武士の四分の一は九州にいる。九州独立を望むことを血判状に記した外様だけで、三万を超える兵士がいることになる。だが、これには薩摩藩は含まれていない。その薩摩藩は、なんと四万八千人もの藩士がいた。薩摩一国で、他の九州の大名と戦える規模である。

幕府は外様である島津家と、特別な深い絆を結んでいる。宣紀公に与すれば、九州独立は可能かもしれぬが、幕府に従えば、熊本は潰されるかもしれぬ。だが、此度の一件は、おそらく薩摩も、自国に近い八代に密偵などを放って、様子を摑んでいるはずだが、他藩のことゆえ黙視しているのであろう。

宣紀公は九州全体が動乱になることなど、まったく望んでいない。逆である。ひとつの国として、纏まろうとしているのだ。

「俺は、その宣紀公の思いを汲《く》み、実現するために、あえて武器を取った。松井の野望はただひとつ。八代城主や家老であることに飽きたらず、この熊本城を我が物にする気だ。まだ十六歳の宗孝様は御輿に過ぎぬ。俺たちで、松井こそを葬ろうぞ！」

と飯田は声を上げた。

それを受けた家臣の気勢も、天守や本丸に届くほどであった。異様な空気に包まれた熊本城は、イザ決戦という緊張がますます高まってきていた。

飯田丸五階櫓・最上階の片隅には、飯田に請われて駿之介もいた。むろん、合戦に加わるわけではない。

——一部始終を、その目で見て、吉宗公に伝えて貰いたい。

というのが飯田の願いだったからだ。

飯田丸五階櫓は、熊本城の警固隊が詰めていたから、槍や弓、刀、鉄砲などが数多く備えられている。他の櫓をすべて合わせても、数だけで言えば五階櫓の方が多い。しかも、弓や鉄砲を扱うには、普段の稽古や鍛錬が重要であり、そのほとんどは飯田丸にて行われていた。

「なるほど……それで、初めて会ったときに甲冑を装着していたのか……大袈裟な格好だと思うていたが、訓練だったのか」

駿之介は感心したが、飯田を含めて数十人の〝軍団〟を幾つか配して、いつ何が起こっても対応できるように武装して警固していたのである。実は、松井の怪しげな動きを察知していたからである。

「一色殿の目には、どう映っているか分からぬが、これが熊本藩の実情でござる。〝肥後もっこす〟は、一度、腹を据えたら、決して意志を曲げぬ。戦いぶりを、しっかりと見ておるがよかとじゃ」

「待ってくれ。できることなら、俺はこの諍《いさか》いを止めたい。話し合いで解決する道を探るべきではないか」

「こちらは、そうしたくとも、相手は天守を奪ったのだぞ。おぬしも、松井にその命を狙われたではないか。話が通じる奴ならば、これまで幾らでも機会はあったはず」

「まあ、そうかもしれぬが……」

「奴は生かしておいてはならぬ不忠者だ。細川家のためにも、肥後のためにもならんと。いや、幕府のためにもならんとじゃ」

「幕府のため……」

「さよう。元々、加藤家が改易になった後、細川家が入ったのはなぜか知っておりますかな。なかなか難儀だったとじゃ」

「如何なる理由があったのです」

「幕府にとっては、薩摩・島津家と親しくないこと、逆に幕府と近しいということ、そして文武に優れていること……それで、細川忠利公が選ばれたのだ。その細川家あってこその熊本である」

「なるほど……」

「松井は、八代城主という薩摩を監視する立場でありながら、実は裏で、島津家と繋がっているのではないか。だからこそ、かの譜代の連判状には、入れなかったのではないか……と儂は睨んでおる」

「そんなことが……まさか、そこまで企んでいるとは……」

「つまり、松井が熊本を乗っ取る後ろ盾にするため、島津を籠絡しているかもしれぬ。これは、まさしく逆賊。断じて、許さぬ」

飯田は剛の者らしく、自分が屍《しかばね》になろうと必ず松井を倒すと言ってのけた。その凄《すさ》まじいばかりの決意は、まさに火の国の男らしく、揺るぎないものであった。

「よく分かった。飯田殿の覚悟、同じ武士として胸に響きました。ですが、刃を交えるのは最後の最後だ。吉宗公は文武に秀でた御仁だが、決して争い事は好まぬ」

「…………」

「泰平の世のために、日頃から心を砕いておられる。城内で戦が起これば、肥後一国のことでは済みますまい。俺が何とか、松井様を説得してみたい」

「無駄なことだ」

「たしかに俺の任ではないし、重きに過ぎるが、見て見ぬふりはできぬ性分でな」

駿之介は飯田の強いまなざしを振り切るように、大きく頷くと、五階櫓の細くて急な階段を降りていくのであった。

二

駿之介は単身、本丸御殿まで行き、松井と話し合いたいと申し出た。案の定、拒絶されたが、駿之介は出て来た家臣に対して、しつこく迫った。

「戦国の世であっても、使者を追い返すことは無礼極まりないことだと思うが」

　詰め寄る駿之介は、何度か押し問答をした後、

「やむを得ない。これ以上、無視されれば、この天守籠城は、公儀に対して戦をしかけたと受け取るが、それでもよろしいか」

　と強い態度で出た。

「宣紀公ではなく、松井殿こそが気にしていた公儀隠密とは……この俺だ」

　駿之介は、かの〝三つ葉葵《あおい》〟の御紋入りの道中手形を見せた。どうしても関所などで揉《も》めたときには、提示するように吉宗から渡されていたものである。

　それを見た家臣は驚き、無下にするわけにはいかぬと判断し、大天守まで松井を呼びに行った。さすがに放っておくわけにはいかぬと思ったのか、しばらくして姿を現した。

「まこと、公儀の使いの者か」

　居丈高に松井は訊いた。むろん、駿之介の嘘である。策士には策という思いだが、罠《わな》を仕掛けてでも、戦の真似事は避けたいとの思いは本当だ。吉宗から直《じか》に命じられた〝御城奉行〟には、隠密の仕事はない。だが、かようなことを想定して、〝三つ葉葵〟の手形を持たせていたのであろう。

「さよう。御城奉行は、諸藩の事情を逐一見て報告し、場合によっては幕府軍を送ることになる。その前に、近隣の譜代大名が押し寄せてこよう」

「——そうなのですか。これは失礼をば致しました」

言葉では謙虚に言うものの、鋭い眼光は発したままである。そして、あくまでも自分が悪いのではなく、公儀に謀反を企んでいるのは藩主・宣紀公の方で、自分たちは家臣として、御家存続のため、やるべきことをやっているのだと正当化した。

「惚けても無駄です、松井殿……」

駿之介も毅然と言った。とても、芝居とは思えぬ堂々とした態度だった。

「天守で、俺を殺そうとしたのを忘れたわけじゃありますまい。満丸君を狙ったのがあなたなら、宣紀公を殺そうとしたのもあなた。それを咎《とが》めた家臣の田代殿を殺したのも、あなたの命令によるもの」

「…………」

「老中の目付役と名乗り、建部賢弘様に随行している越智も、あなたと繋がっていると正直に話しましたぞ……建部様もまた、九州独立の話は、あなたから持ちかけられた……そう証言しました。あなたは宣紀公を乗せるために、建部様も利用したのだ」

「…………」

「建部賢弘様はそれに気づき、花畑屋敷では、宣紀公をこの馬鹿げた策謀から引き離そうとした。だから、越智を使って建部様をも殺そうとした……もうバレてるのですぞ」

駿之介はあえて穏やかな声で詰め寄った。

「ふはは……それこそ馬鹿げた貴殿の妄想だ。私は何度も言っているとおり、殿の謀反を抑えようとしているだけだ。それが私の務め、御公儀のためでもござる」

「それが大嘘だと言ってるのだ！」

我慢できなくて、駿之介は強い口調になって、その場にいる大勢の家臣たちを見廻しながら、懸命に言った。

「おい。みんな聞け。藩主の謀反など、でっち上げだ。松井家老なんぞに従っていると、おまえたちこそ、謀反人として処罰されることになる。いや、その前に、こいつに酷《ひど》い目に遭わされるぞ。事実、腹心の田代はあっさりと殺された」

声を限りに言った。だが、家来たちの誰の耳にも届いていない。いずれも奇妙な薄ら笑いを浮かべている。

「——おまえたち、分からぬのか！　こんな血も涙もない家老がいたのでは、いずれ熊本藩は改易、御家断絶だ。郷士や浪人たちの中にも、仕官させると騙されている者もいる。目を覚ませ！」

それでも、家来たちは駿之介を侮蔑したように見下ろしているだけだ。その忠誠を誓ったような態度に、駿之介は空恐ろしさすら感じて、松井を睨んだ。

「貴様！　こいつらに何を吹き込んだ。人を騙すのも大概にしろ！」

だが、松井の方もニンマリと笑って、

「騙しているのは、おまえの方ではないか。公儀の使いなどと、いけしゃあしゃあと嘘をつきおってからに……公儀隠密でないことは、いずれ分かることだ」

と言いながら、家臣から受け取った鉄砲を自ら構えた。と、同時にサッと弓に矢をつがえた家来たちも背後から現れた。

「乱心者を殺すのが、我が藩の方針でな。丁度良い。おまえを撃ち殺して、合戦の火蓋としようかいなあ」

ふざけたように松井は言い終えると、引き金を引いた。

ダン――！

爆音とともに弾が発せられた。次の瞬間、駿之介が仰向けに倒れた。が……それは、寸前、横合いから素早く飛び込んできたお紺が、強く押し倒したためだった。

「うっ……」

苦痛の顔で、お紺は仰《の》け反《ぞ》り、その場に崩れた。身を犠牲にして被弾したのだ。

「おい。しっかりしろ、お紺!」

起き上がった駿之介は、お紺をひしと抱きかかえたが、背中からは血が溢れている。それを必死に塞ごうとする駿之介の掌《てのひら》も、みるみるうちに真っ赤に染まった。

「——おまえ……どうして、俺なんかのために……」

一瞬にして、出会ったときから、幾つかの危難の場に現れたお紺の顔を思い浮かべた。結実とはまったく違うが、命を懸ける女の情けが愛《いと》おしかった。

「殿の……殿の命令です……あなたを守れと……」

喉に詰まりそうな声を絞り出して、お紺は言った。そして、「殿を守って下さい」と微かに息を吐き出すように言って息絶えた。殿様のために命を投げ出す〝くの一〟の憐《あわ》れを感じた。

駿之介は激しく揺り起こすように、

「死ぬな、お紺!　しっかりしろ!」

と泣き声を発した。

「おまえも後を追って、あの世で続きを楽しむがよい」

松井が「やれ!」と弓矢を構えている家来に命じる前に、ヒュンヒュンと別の所から矢が飛来した。それは、弓をつがえている松井の家来の手足に命中し、何人かがその場に打ち崩れた。矢を射かけたのは、本丸前に駆けつけてきた加藤十六将の子孫たちであった。

「おのれ！　もはや容赦はせぬ。返り討ちにしてくれよう！　かかれえ！」

怒りに任せて松井が声を張り上げると、控えていた家来たちは抜刀して、飯田の手の者たちに斬りかかった。

まるで合戦の先鋒《せんぽう》隊の戦いのように、あっという間に入り乱れたが、甲冑をつけた飯田軍の槍隊の実力は凄まじく、瞬時に松井の手下の戦闘意欲を打ち挫いた。さらに、背後からは手練《てだ》れの鉄砲隊が並び、連続して撃ち続けた。威嚇ではない。突然、本気で乗り込んだのだ。

だが、松井の方も、森脇や小西らの軍勢が、小天守や宇土櫓から駆けつけてきて、飯田軍を取り囲んで攻撃をしかけてきた。あっという間に、百数十人の戦闘に拡大した。

ふだんから武芸の稽古をしていたとはいえ、命を懸けた真剣勝負である。大怪我《けが》をしたり、命を落とす者もいた。一瞬にして阿鼻《あび》叫喚《きょうかん》の地獄と化していくのを、その最中《さなか》にあって、駿之介は呆然と見ていた。

そのとき、一本の矢が飛来して、駿之介の肩を掠《かす》めた。

ハッと我に返った駿之介は、目の前で繰り広げられている状況を、どうにかして止めねばならぬと思い、抜刀すると一目散に松井に向かって駆け出した。

途中、何人もの松井の家来たちが斬りかかったが、新陰流《しんかげ》を極めている駿之介の腕前は、ここぞとばかりに発揮され、バッサバッサと斬り倒して、一直線に松井に向かった。

「⁉――貴様……！」

松井も抜刀したが、駿之介は近づくなり、ひらりと舞い上がるように、

「斬り捨て御免！」

と容赦なく袈裟懸けに斬った。受けようと突き出した松井の刀は叩き折られ、その勢いのまま、バッサリと一太刀を浴びた。

「うぎゃあ！」

悲鳴を上げたが、松井は一瞬にして、その場で仰向けに倒れた。首根からは鮮血が噴き出し、石段が真っ赤になった。

大将の即死を見て、その家来たちは俄に狼狽し、潮が引くように下がり、蜘蛛《くも》の子

を散らすように逃げ出した。それまで気勢を上げていた者たちも、すっかり萎えている。どうすればよいのかと佇《たたず》んでいる者もいた。

「見てのとおり、松井は討ち取った。この戦は、飯田軍の勝ちだ！」

見事に叩き斬ったゆえに、鮮血を浴びずに仁王立ちになっている駿之介を見て、飯田の家来たちも唖然《あぜん》となった。ずっと大人しそうに見えていた駿之介の思いがけぬ爆発に、味方ですら凝然となったのだ。

深閑として、異様な雰囲気が漂っていた。後から駆けつけてきた甲冑姿の飯田も、一瞬、その光景に立ち竦《すく》んだ。

「――一色殿……おぬしが……」

「さよう。俺は、万が一のときに備えて、上様より斬り捨て御免の許しを得ている」

「そ、それにしても……」

驚きを隠せない飯田は、松井に駆け寄り、その死を確認した。だが、勝ち鬨《かどき》を上げる様子ではなかった。遊びの喧嘩《けんか》のつもりが、図らずも大事になってしまった――そんな空気すら漂っていた。

「お見事……と言いたいところだが、これで真相が分からなくなった」

飯田は無念そうに言った。これまでの松井憎しの言動とは違う態度だった。

「どういうことだ、飯田殿」

「なに……殿からは、生け捕りにするよう、念を押されていたのだ。松井がここまでするには、必ず何か裏がある。それを御自ら、確かめたい……とな」

「まるで、俺のせいだな」

　駿之介はいささか不満を抱き、やぶにらみのような目つきになった。

「もしかして、飯田殿……おぬしも俺を罠に嵌《は》めたのかな」

「まさか……」

「戦の真似事など止《や》めさせようという俺の意図を汲む振りをしながら、こうなるのを予測していたのでは？」

「さようなことは……断じて、ない」

「だとしても、死人が数人、出ており、怪我人も大勢いる。遊びでは済まされぬと思うがな。洒落《しやれ》にならぬということだ」

「…………」

「もし、此度のことが、御公儀の知るところとなれば、まこと熊本藩は改易となる。寛永の昔、黒田藩の騒動で改易されそうになったこともあるように、諸藩で御家が潰された話は重々、承知しておられよう。御家騒動が引き金となって、改易となった所は幾らでもある」

駿之介は慎重に言葉を選びながらも、この場は自分の采配《さいはい》で、

――何事もなかったことにする。

と言った。もちろん〝御城奉行〟とはいえ、越権行為である。

だが、駿之介の思いとしては、大目付や巡見使が諸藩の不祥事を暴くのが使命だとすれば、「無事安泰」にしておくことが、己に課された吉宗の密命だと思っていた。勝手な解釈ではない。大岡を通して、〝御下命〟を受けたとき、その意図を伝えられていた。

「お気遣い痛み入ります……ですが、殿がどうおっしゃるか……」

飯田は複雑な表情を浮かべていた。

その周辺には、まだ物々しい雰囲気の荒武者たちが立ち尽くしていた。

三

その夜――建部賢弘が陣屋にしている寺の山門を叩く僧侶がいた。

網代笠《あじろがさ》に墨染めの法衣《ほうえ》に、頭陀《ずだ》袋を下げている。曹洞宗の修行僧に見えるが、近く

の物陰から見ていた金作には、怪しげな男にしか見えなかった。無精髭《ひげ》を蓄えていたからだ。

「やはり、駿之介様の睨んだとおり、建部様にはまだ何かありそうだな」

独り言を呟いたとき、潜り戸が開いて、寺男が招き入れた。

「匂う。ぷんぷん臭い。修行僧が夜中に、こっそり来ることがあるもんか。建部様と誰かの繋ぎだろうな」

また呟いて、傍らに置いてあった竹の梯子《はしご》を軽々と担いだ。

「こういうこともあろうかと……」

小太りの金作は、寺の塀に近づいて梯子を掛け、重い体ながらなんとか登って越え、裏庭に降りた。

本堂の明かりは消えているが、庫裏《くり》の一角には行灯《あんどん》が灯《とも》っている。そっと近づくと、少し開いている障子戸の奥に、今し方、来たばかりの僧侶の姿が見えた。網代笠を取っているが、坊主ではなく、きちんと月代《さかやき》を剃《そ》った髷頭《まげあたま》であった。

「岩倉《いわくら》殿。とんでもない事態になりもうした」

「でござるな……御老中・阿部長門守様よりの文を持参致しました」

修行僧は、老中・阿部長門守の手の者だったのだ。一通の封書を差し出すと、神妙

な顔で受け取った建部は、じっくり一読してから、唸《うな》るような声で、

「困った……本当に困った……まさしく、まさか、かようなことが……」

と呟いた。

「色々と躊躇っていた、私の責任かもしれぬな……」

「己を責めないで下され」

「熊本城中ではまだ、松井様が一色駿之介殿に殺されたということで、大変な事態が続いております」

「ご老中も重く受け止めておられます」

「しかし、結果として、城中で起こりかけていた、藩主と家老の諍いから発展した合戦が、終息しました。宣紀公としても、駿之介殿の助言どおり、何事もなかったことにするつもりなのでしょうが……」

無念そうに建部は、深い溜息をついた。

「藩としては、それで良いかもしれぬ。公儀においても厄介なことは御免であろう……だが、このままでは阿部様の思いが断ちきられることになる。私はそれが悔しい」

「公儀としても、越智が犠牲になっております。なんとしても……なんとしても、当

初の目的を達せねば、阿部様の計画はすべて水の泡になってしまいます」

「うむ……承知しております。かくなる上は、少々、手荒い真似をするしかないのではありますまいか」

建部はそう言いながら、受け取った文を近くの手文庫の中に仕舞い込みながら、

「民はこれ国のもと。もと固ければ国泰《やす》し」

と念仏のように唱えた。

これは『書経』に記されていることだが、五代将軍綱吉《つなよし》が〝天和《てんな》の治〟と後に言われる善政を目指して宣言した、七ヶ条の冒頭に使われた言葉である。四百万石にも及ぶ公儀御料を預かる将軍として、旗本らに民政の心得を訴えたものだ。その一方で、

「民は上へ遠きゆえに疑いあるものなり、此故に上よりもまた下を疑うこと多し……」

とも記《しる》し、為政者と被統治者の間には永遠に埋めることの出来ない猜疑《さいぎ》心があるため、厳しい官僚制を敷いたのである。

「そのこと自体が悪いとは思うておりませぬ。私も旗本の端くれでありますからな……ですが、身分の上の者が、下々の者から搾取する政事をなくさねば、この世はいつまで経《た》っても地獄……」

「西欧の国々も同じようなものかもしれぬが、少なくとも算術や暦術、天文学などの学問は自由に学び、究めることができる。この国では、実に窮屈だ。私は本心では、なんとしても、新しい国造りを目指す宣紀公を支援したいと考えておるのです」

寄合の席では、宣紀公の考え方は幕府への謀反と思われると言ったが、それは反対派を浮き彫りにするための方便であった。むしろ、熊本の井沢蟠龍子よりも西洋事情に詳しいぶん、宣紀公に理想を吹き込みやすかった。

「しかし、松井が死んだとなれば、邪魔をする者はいなくなったわけですから、宣紀公が思うがままに事を為《な》すかもしれない」

建部が心配そうに言うと、岩倉はじっと見据えながら、

「──本気で、さようなことを考えているのですかな、建部様は……」

と訊いた。

「どういうことです」

「お渡しした阿部様からの文には、何と書かれておりました」

「おぬしが知ることではないでしょう」

「私は阿部様の手の者で、越智の代わりに来たのですから、今後は私に従って貰いま
「…………」

すよ。私は越智のように甘くはないですぞ」

「何を言い出すのだ。私は……」

建部は警戒したように身構えたが、岩倉は微動だにせず、だが鋭い目になった。

「よいですか、建部様。松井が死ぬのは、阿部様にとって想定内のことです……阿蘇嶽とやらに追い詰められたときから、阿部様は懸念しておいででした」

「越智から聞いておったが……」

建部はハッとなり、

「もしや、阿蘇嶽が殺されたとき……松井の屋敷にいたというのは、まさか阿部様ご自身だったのか？」

「お答えできませぬ。もっとも、阿部様の命によって、大目付が九州に出向いているというのは、事実でござる」

「まだ何か裏があるというのか、岩倉殿ッ」

建部は迫ったが、岩倉は凝視したまま何も答えることはなかった。

深夜になって、岩倉が陣屋から退散し、建部が寝床についてから——金作は座敷に忍び込んで、手文庫に入っている老中からの文を見つけた。

「ごめんなさいね。もう盗《ぬす》っ人《と》稼業はしないと、若殿に誓ってたのだけど、今夜は月が出てないから、特別に」

心の中で呟きながら、気配もなく音も立てずに金作は素早く盗み出した。

それを手にした金作は、一目散に花畑屋敷に逗留している駿之介のもとに届けた。

蠟燭《ろうそく》の灯《あか》りに浮かんだ文を、駿之介は読むなり、息を呑《の》んだ。そこには、こう記されていたのである。

『――熊本藩五十四万石を、加藤清正公が入封した当時の二十五万石に減封し、残りの領地を幕府直轄地とする。このことは、幕閣の採決にて決定し、上様も承諾した』

如何にも陰謀の匂いがする。これが事実かどうかも不明だが、建部はこれから宣紀公を謀反人に仕立てて、領地を奪い取る工作をさせられるのだろう。駿之介はこれまでの経緯を振り返ると、ひとつの考えに突き当たった。

「これは元々、阿部様が、家老の松井と密約していたものではないのか？……八代城主の松井はその地位に飽きたらず、肥後を天領にすることによって、自分も何らかの利権を得ようとしていた」

「はい。宗孝殿を藩主に据えて、宣紀公に成り代わって、自分が新たな熊本藩主二十五万石の当主になろうとしていたのです。それが、阿部様との約束のようでした」

建部の本陣に張りついていた金作は、駿之介の憶測は正しいだろうと話した。

「やはり……そのために、松井は藩主に、九州独立国を造れなどと扇動しておきながら、その裏で、宣紀公を謀反人に仕立てて、公儀に売り飛ばそうとしていたのだな。むろん、後釜に座ることを阿部と取り引きして」

「……のようですね」

「幕府にとっても、九州のこの地を天領にすれば、第二の長崎にすることができよう。かの昔、小西行長は宇土を異国との交易湊《みなと》にしようとしていたらしいしな」

「そうなんですか」

「うむ。それに、西国一帯を睨むのに好都合であろう。だが、ここまで公儀が絡んでるとなると……まことに上様が承知しているかどうか……幕閣の中にこそ、獅子身中の虫がいると考えた方がよさそうだな」

「この阿部長門守のことですかい」

「そうとしか考えられまい……」

駿之介は江戸城中にて、正式に〝御城奉行〟に、阿部から任命されたときのことを思い出していた。粛々とした儀式のようなものだったが、このような事態が待ち受けているとは考えもしなかった。

——最初の任地に熊本を選んだのは、もしかしたら、俺を巻き込むつもりだったのかもしれぬな。俺の失策はすなわち、上様の汚点になると考えたか……。

阿部の本心までは分からぬが、駿之介のこれまでの行為を見極められていたとなると、そう勘繰らざるを得なかった。

四

その翌日のうちに、松井に与した藩重臣たちは宣紀公によって謹慎させられ、拝領屋敷に蟄居《ちっきょ》させられた。宣紀公自身も、私邸である花畑屋敷から、本丸御殿に居を移し、大天守、小天守、宇土櫓を元通り、自分の掌中に取り戻した。

駿之介は公儀の使いとして、宣紀公から呼び出され、事後対策を相談されたが、その前に、建部に渡された阿部の密書を見せた。

「この署名と花押は、私も見たことがありますから、本物だと思われます……ただ、このようなことが、老中ひとりの約束で果たせるとは思えませせぬ」

駿之介の話を聞きながら、宣紀公は呆然と文を見ていた。急に老け込んだように、まったく生気を失っている様子だった。

「——やはり、松井が余を騙していたのだな……」

「ですが、松井の陰謀には、公儀も絡んでいた、いや、むしろ幕閣が後ろで糸を引いていたことが明らかになりました」

「一体、どうすればよいのじゃ……」

ぼんやりと顔を上げて、宣紀公は自信なげに駿之介に意見を訊いた。

「事の真相を、上様直々に打ち明けたら如何でしょう。そのためならば、私もできる限り、力添え致します」

「上様に……！」

ビクンと体を硬直させて駿之介を見たが、宣紀公は首を横に振りながら、

「いや、しかし……天領が三十万石近く増え、この地を支配できるならば、上様にとっても利益になること。しかも、松井がいなくなれば、八代城も公儀が没収することができよう。果たして、余の言い分など聞き入れてくれようか」

と情けない声で言った。

駿之介は少しばかり、ガッカリとした顔になって溜息を洩らした。

「宣紀公……独立国を造るために、公儀に腹を割って話すと言っていた、あの気概はどこへ消えたのです」

「…………」

「それとも、本当は心の底では、夢幻の与太話だと思っていたのですか。不遇な我が子、満丸君の居場所を作るために、絵空事の国を造ろうとしていたのですか」

「いや、それは……」

煮えきらない態度の宣紀公に、駿之介は強く言い放った。

「椿菊次郎と名乗って町中をうろうろし、多くの人々の暮らしに接しながら、新しい国造りについて、大いに語るあなたには憎めないものがありました。当たり前の人の心があったからです」

「……」

「それが何ですか。ちょっと躓《つまず》いただけで、もう負け犬の顔をして。領民のことなんか、どうなろうと構わないと、尻尾《しっぽ》を巻いて逃げ出すのですか。我ひとり、この本丸御殿で、これまでの暮らしをしたいだけですか」

駿之介は言い過ぎかと思ったが、相変わらず宣紀公の反応が鈍いから、少しばかり苛ついてきた。

「どうなのです、宣紀公！」

「——だが……かように、ご老中までが松井の画策に与していた……いや、後ろで操っていたとなれば、もはや勝ち目はない。しかも、薩摩も背後にいるとなるとな

「……」

「では、領民がどうなってもよろしいのですな。幕府が領地の半分以上を天領にするということは、これまで何代にもわたって細川家を支えていた民百姓を、裏切ることになりませぬか」

「公儀の命令ならば、致し方ない……それが御定法を守るというものであろう……逆らう気は毛頭ないと話したはずだ」

項垂《うなだ》れて言う宣紀公の姿からは、もはや名君らしさは消えていた。駿之介はそれでも、今一度、自分の理想を実現するには、どうしたらよいか考えるよう説得した。

「御定法を守るというのは心地よい言葉ですがね、かの清国では、ガチガチに法を守らせる役人について、こんな言い伝えがありますよ……『治国済民の国家の大事はいい加減に済ませ、訴状を書くことで日々の飯を食う……少しのことでも奸策《かんさく》を企て、人間味のひとかけらもない人非人である』……松井家老がそうだったかもしれない。でも、とどのつまりは、あなたも同じですか」

「…………」

「このままでは、あなた様も切腹ものです。公儀に命乞いをして、二十五万石の藩主として生き残るおつもりですか」

駿之介はさらに睨みつけた。

「そんなことをしても、それこそ公儀には何の利益もない……松井家老が亡き今、その密書を実現させるため、老中の阿部長門守は、あなた様を謀反人に仕立て上げるでしょう。それで、よろしいのか」

強く迫られて、宣紀公の目は虚《うつ》ろになり、とうとう俯いてしまった。それでも、駿之介は強く責め続けた。

「それが分かっていても、あなたはもう何もしないのですか」

「……申し訳ない」

俄に宣紀公が腑抜《ふぬ》けのようになったのは、自分のためというよりは、残される息子ふたりのためであろう。此度の不祥事をネタにして、領地の半分以上を幕府直轄にされても、熊本藩と細川家さえ残れば、なんとか苦境から脱却できる。そう思慮したのであろう。

だが、駿之介はあえて苦言を呈した。

「宣紀公……そこまで腰抜けとは思いもしませんでした。あなたに不遇を強いられ、拗《す》ねたままの満丸君も決して立ち上がろうなどとはしないでしょう」

「満丸は関わりがない」

「それでは済みませぬ。御定法とやらには厳しい阿部長門守のことだ。連座させられるやもしれませぬぞ……でも、俺は、あなたたちを守るために戦う。理不尽なことをして、のうのうと生きている奴らを叩き潰さなければ、生きている甲斐《かい》がないからだ」

決然と言う駿之介を、宣紀公は目を丸くして見た。

「生きている甲斐が……」

「そうだ。人として生まれたからには、自分が生きている間に、少しでも良い世の中にする。それが人としての務めだ」

「い……一色殿……」

心苦しそうに、宣紀公は胸の辺りを搔き毟《むし》る仕草をした。

「関わりのない腰元が、満丸君を守るために殺された。阿蘇嶽は自ら体を張って、満丸君を助けた。蟠龍子先生も危ない目に遭った。あなたの密偵のお紺も……みんな満丸君を守ろうとしたからだ。俺には、その気持ちが痛いほど分かる。だから、やるんだ。たとえ返り討ちに遭おうが、野垂れ死にしようがな」

今一度、宣紀公を見据えてから、駿之介はサッと立ち上がり、背中を向けた。その後ろ姿に、思わず宣紀公は声をかけた。

「待たれい、一色殿……」

その目にはうっすらと涙が浮かんでいる。やがて、一筋が頰に流れ落ちた。

「――かたじけない。熊本藩には縁もゆかりもない貴殿が……まこと、かたじけない」

「………」

「人の世の情け、この年になって、初めて知りもうした。所詮は殿様であった。人々に寄り添うとか、その暮らしに思いを馳せるなどと言っても、真に命がけではなかったのかもしれぬ」

宣紀公は恥ずかしげもなく、涙を手で拭いながら、

「九州独立国の話は、夢幻ではない。この国の皆が力を合わせれば必ず出来る。今は無理でも、子や孫……その先かもしれぬが、必ず異国と交流ができよう。実現すれば、この国が開けると信じている」

「………」

「そのために……この上は、如何なる陰謀とも戦い、我が子たちを守り、己にも誰にも恥じることのない行いを致す」

切実に訴える宣紀公の話を、じっと黙って聞いていた駿之介は頷き返して、狩野派

の煌《きら》びやかな襖の絵に目をやった。そして、穏やかな笑みを投げかけて、

「その言葉を……誰よりも聞きたかったのは、隣にいる我が子ではないでしょうか」

「えっ……」

　宣紀公が駆け寄って襖を開けると——そこには、満丸君が正座をしていた。だが、その目は、まだどことなく満たされていない。

「聞いておったのか、満丸……」

　見やると、その後ろには、白綸子《しろりんず》の羽織を着た宗孝の姿もあった。満丸君よりは一周り大きいが、まだ少年の顔が残っている。そのふたりに、宣紀公は静かに語りかけた。

「満丸……済まぬ、随分と怖い目に遭わせてきたが、それを終わらせることは、余にはできなかった。だが……宗孝、おまえも聞いてくれ……これからは、死ぬも生きるも父が一緒だ。この世がどうなろうと、山が裂けても、海が干上がろうとも、父はおまえたちふたりから決して離れぬ」

　宗孝は真剣なまなざしを向けているが、満丸君はそわそわとしていた。だが、小さな声で、「父上……」と呟いた。その声は宣紀公の耳には届いておらず、

「万が一、公儀の沙汰によって、父が死ぬようなことになっても、決して見苦しい姿

を人に見せてはならぬ。おまえたちは肥後熊本藩の世継ぎなのだ。不甲斐ない父を持って恨みに思うておろうが……」

と言いかけたとき、宗孝が声をかけた。

「満丸は恨んでなんぞ、おりませぬ。そうだよな、満丸……」

すると、満丸君はこくりと頷いて、

「父は清廉潔白な人だと、小笠原家の義父からも教えられていました。金で籠絡してくる者には〝仁〟で返し、地位を笠に着て脅して来る者には〝義〟で戦う……そういう御仁であると」

「…………」

「そういう父の子であることを、私は誇りに思っておりました。ですから、何も恨んでおりませぬ。何者も怖くありません」

「——満丸……」

宣紀公がゆっくりと近づくと、見上げた満丸君の目にも涙が溢れていた。

「父上と一緒ならば、どんなことも、怖くなんぞありませぬ。私は、私はただ……」

両手を床につくと、その満丸君の手の甲に、涙がポタポタと落ちた。

「私は……父上に嫌われていると思っておりました……だから、小倉新田藩から戻される途中に命を狙われたのも、てっきり父上の刺客だと思うておりました」

「何故、さようなことを……」

「熊本に帰ってくると、継嗣である兄上を脅《おびや》かす存在になるのではないか。父はそう案じているのかと……」

満丸君は涙を零しながら続けた。

「幼子の頃のこととはいえ、養子に出されてから、父上は一度も私に会いに来てくれることはなかった。遊んでくれたこともない。でも、兄上と楽しそうに鷹狩《たかが》りに出たり、茶会を開いている様子などは、耳に入ってきておりました……私も遊んで欲しかった……寂しかったんです……本当に、寂しかったんです。許して下さい……許して下さい」

最後の方は嗚咽《おえつ》になっていた。涙でぐじゃぐじゃになった顔は若君というより、素直な少年そのものである。初めて見せたその表情に、宣紀公は手を伸ばそうとして、一瞬、ためらった。

その腕をスッと引いたのは、宗孝だった。宣紀公の手を満丸君の手に重ねた。そして、ぎゅっと握らせた。ふたりの手の甲は、落ちた涙で濡《ぬ》れてゆく。

「――父上……父上え……！」

親子三人が崩れるように泣き出すのを、駿之介はじっと見つめていた。

父の温《ぬく》もりを知らずに育った駿之介にとっては、羨ましいほど美しい光景であった。

五

熊本城の表御門に、建部が現れたのは、その翌日のことだった。家臣から報せを聞いた宣紀公は、駿之介の調べから、阿部長門守と結託している節があるとのことで、警戒して入城を拒んだ。

だが、建部は単に繋ぎ役であり、立派な武家駕籠《かご》が二挺《ちょう》と、それに引き続き十数人の家臣を従えている。

「幕府老中、阿部長門守である。大目付の報せを受け、藩主の細川宣紀公に面談を求めるものである。素直に従わざれば、大目付が為したる探索を真正と判断し、ただちに幕府の軍勢を寄越《よこ》すことになる」

門番侍たちは、その意向を聞いて、再三再四、上役からさらに上役に伝令し、宣紀公の決断を仰いだ。

宣紀公は熟考した挙げ句、阿部長門守ひとりなら入城させて構わぬと判断した。

阿部は不愉快な顔になったが、藩主の意向に従い、対面の記録役として建部の同行だけは取り付けた。

本丸御殿大広間の〝桜之間〟に案内された裃《かみしも》姿の阿部は、すでに待っていた宣紀公に儀礼的な挨拶をして、険しい顔で向き合った。ここは、藩主の居室である〝昭君之間〟に最も近い対面所である。それほど、幕府からの使者として丁重にもてなしたのだ。

だが、阿部の方は、いささか段取りが違った感じがしたのか、奇異な目で宣紀公を凝視していた。おそらく、建部の本陣から、金作が密書を盗み出したことに気付いていないのかもしれぬ。

「宣紀公とは、参勤交代の折、会って以来でございまするな」

阿部が探るように言うと、宣紀公は肝が据わった態度で問いかけた。何かあったときのために、息子ふたりには家臣とともに、隣室に控えさせていた。

「大目付や巡見使が諸国を廻るのは承知しておりますが、ご老中が直々に見えるとは、これ珍しいことでござるな」

宣紀公はチラリと傍らに控えている建部を見やって、

「そこもとからは、沢山のことを教えて貰ったが、まさか余を謀《たばか》るためとは、夢にも思わなんだ」

と言った。

だが、建部は何も答えなかった。代わりに、阿部が唐突に、命令調で言った。

「八代藩主でかつ熊本藩家老の松井監物が残した証言により、そこもとの幕府に対する謀反は明らかである。よって、ここに御家改易、家名断絶を申し渡す」

阿部は封書を差し出した。老中権限で出すことができ、評定所には事後報告が許されていると付け足した。

「待たれい！　それは松井監物の陰謀。その証明をしとうござる」

「松井はすでに死んでおる。しかも、宣紀公……そこもとの手の者に殺された。謀反のことが松井にばれてしまい、幕府へ知らされては困ると口封じにな。違うか」

「違います」

「どう違うか、申し述べてみなされ。それがしとて、一国の大名でござる。嘘を申しているると言うのですかな」

「それは……」

「言えますまい。ならば、こちらから言うて進ぜよう。宣紀公……そこもとは、幕府の〝御城奉行〟と名乗る一色駿之介なる者を唆し、この城中にて合戦を起こし、その騒乱の中で、松井を殺させた」

ニンマリと笑った阿部は、言い訳はできまいと念を押した。

「それとも、一色が勝手にしたことだと言い張りますかな。こっちは、まだまだ色々と調べておるのだ。仮にも、名門細川家の当主ならば、無用な言い訳などせず、潔く致すがよい」

「…………」

「それとも、九州独立などというバカげた話を真剣に考えていたと、世の中に公にした方がよろしいか。それとて充分、謀反の証だが、名門の殿様として、頭が変になったと噂《うわさ》されるより、素直に身を処しなされ」

阿部は次第に言葉遣いが荒く、高圧的になってきた。

「潔く腹を召して、上様に恭順の意を示さば、減封して細川の名を残すよう、尽力してもよい。だが、上様に弓を引かんとした上、厚顔なる言い訳を重ねるならば……この場で処断して、汚名を天下に晒《さら》すが、それがお望みか！」

刀に手をかける真似をした阿部を、宣紀公は忌々しげに睨みつけ、

「さてもさても……細川家は愚弄されたものよのう」

と腹の底から声を絞り出した。

「老中の座に胡座《あぐら》を掻いて、地位や名誉、金を得ると、かように人間とは腐るものか」

「無礼者！　捨て置かぬぞ」

「おぬしとて、若い頃には青雲の志があり、幕政の中で自分の才覚を発揮しようと熱心に考えていたはずだ。その地位に就くよう取り計らった、周りの多くの人たちの援助や苦労もあったはず……それに報いるのが、かような陰謀か」

「なにを偉そうに。そこもとの性根はよく分かった。上様の使いとして来ている身共《みども》を、そこまで愚弄するとは、まさしく謀反人に他ならぬ。覚悟致せ」

横暴極まりない言葉を発したとき、駿之介が廊下から現れた。その顔を阿部はチラリと見たが、動揺するどころか薄ら笑いで、

「一色駿之介……おまえが謀反の片棒を担ぐとは、上様も嘆いておられよう」

と言った。

駿之介は軽く受け流して、傍らの建部を見ながら、

「旗本として、学者として、今こそ自分に正直になるときだと思いますぞ。私は、あなたを心底、尊敬しておりました」

「…………」

「だが、この場にいてくれるのは幸いだ。記録役として随行したとのことですが、どうか見届け人としてもお役目をお果たし下さい。学者のあなたならば、真実を歪《ゆが》めるなどということは、決してしないでしょうから」

皮肉めいて駿之介が言うと、建部の表情はほんのわずか揺らめいた。それをじっと見据えてから、駿之介は阿部に向き直った。

「さて、阿部様には遠路遥々《はるばる》、ご苦労様でございました。私もまさか、ご老中が御自らの足で肥後くんだりまで来るとは、思いもかけておりませなんだ……ここで会えたということは、私が江戸を発《た》つのとほとんど同じ頃に、九州に出向いていたということですな」

「さよう……おまえが何かしでかさぬかと、密偵も張り付けておいた。初めの赴任地で、何かしでかしてはまずいとな」

「つまり、私が〝御城奉行〟になったことを利用して、この騒動を起こしたということですかな、阿部様」

探るように訊いた駿之介だが、それを無視して、阿部は続けた。

「案の定、とんでもないことをしでかしてくれた。おまえなんぞを、〝御城奉行〟にしたことは、上様の不明だったということだ」

「ふん……」

駿之介は鼻で笑った。

「何が可笑《おか》しい」

「役人の皮を被《かぶ》った狼《おおかみ》というところか。上様の不明を嘆くなら、あなたのような武士の風上にも置けぬ方を老中にしたことです」

「おまえの役職身分は儂の支配下だということを忘れたか。下がりおろう」

「いいえ。そうは参りませぬ。あなたが此度のすべての陰謀の主だとしたら……切腹せねばならぬのは、あなたです」

「戯言《たわごと》をぬかすな」

「──これでも、あなたは関わりないと？」

例の密書を、駿之介は差し出した。修行僧に扮した岩倉が、建部に持ち込んだものだ。それをサッと開いて見せ、

「これを上様に見せたら、どうなるでしょう。まさか上様が、肥後熊本の領地の一部を天領にせよと命じたのではありますまい」

と詰め寄った。

しかし、阿部は横目で見ただけで、平然と言い返した。

「下らぬ。大藩の命運が揺らぐ折には、かような偽の文書がよく出廻るものだ。そもそも儂の署名でもなければ、花押でもない」

「いや。たしかに、あなたのだ。私を〝御城奉行〟に命じたときと同じものだ」

「似せているだけのものだ。そんなものを上様にお見せしたら、おまえの方がたちどころに首を刎《は》ねられるぞ」

あくまでも白を切るつもりである。それで通じると思っている。あるいは、幕閣がみな、阿部に金で籠絡されているのかもしれぬ。天領が増えるのだから、本気で賛成していることもあり得よう。

「あいや、しばらく――」

横槍を入れたのは、建部だった。真剣なまなざしを阿部に向けて、

「謀反の件は、家老の松井ひとりのせいにして、上様に報告致しましょう。阿部様、あなたも関わっていないことにして」

「！……」

「私は公儀測量方として、天下御免の通行手形を手に入れる代わりに、各藩の隠密探索を命じられた……それゆえ、目付役として水野様配下の伊賀者の越智などを同行させられていたが、まさか阿部様……あなたが深謀遠慮をめぐらせていたとは――」

「御託を並べるな、建部」

「隠密探索を引き受けたのも、すべて地図のためでした。しかし、駿之介殿……地図

「地図よりも人の命という、おぬしの一言には、返す言葉がなかった」

建部は宣紀公にも深く頭を下げて、

「宣紀様……あなたの言う武士も町人も百姓もない理想の国が、いつかこの日の本にも生まれて欲しい。いや、実に話し合うのが楽しかった……私もその理想のために、藩の境目のない地図を作り続けてきたのですから」

と言ってから、阿部に向き直り、

「もう、やめましょう……これ以上の犠牲は本当に沢山だ」

そう諫《いさ》めるように言ったが、阿部は「片腹痛い」と建部に唾を吐きかけた。

「寝言は寝て言え」

「——どこまで汚い奴……！」

駿之介が突っかかろうとすると、阿部はギラリと睨み上げて、

「またバッサリと斬るか。よいぞ、儂を斬れ。さすれば、貴様も謀反人だ」

と挑発するように言って、冷笑を浮かべた。

「その前に、謀反の確たる証拠とやらを見せて進ぜよう」

阿部はまるで勝手知ったる家のように立ち上がると、本丸御殿から大天守に向かって歩き出した。歩きながら、駿之介に助言するかのように話した。

「〝御城奉行〟なら、きちんと天守を調べてから、上様に報告するのだな」

「大天守も小天守も見た」

「もう一度、篤と見るがよい。熊本城の天守は他とは違い、武器庫となっておるのを、おまえは承知しておるのか」

ズンズン歩く阿部を、宣紀公と駿之介はもとより、家臣たちが連なって追いかけた。

大天守の一階は御鉄砲之御間、二階は御具足之御間、三階は御矢之御間などと名付けられているのは、飯田覚兵衛に案内されて、駿之介も承知している。

それより、地下一階地上六階の大天守のことを、何故、ここまで阿部が承知しているかの方が、駿之介たちは不思議だった。だが、よくよく考えれば、松井と繋がっていたのだから、天守の内部などは事前に詳《つまび》らかにしていたのであろう。

一階の御鉄砲之御間の扉を開くと——そこには、無数の鉄砲が立てかけられ、さらに大きな箱が幾つも積み重ねられていた。それらはすべて鉄砲本体と火薬であった。

それを見て、宣紀公は驚愕した。

「——さようなものが、いつの間に……」

「おや。城の中心である大天守の中に、新式の鉄砲が勝手に歩いて入ったとでも言いたいのですかな、宣紀公……オランダ渡りの洋式鉄砲二千挺。火薬五百貫。これらを隠匿していたとは、万が一の場合は幕府軍と戦うためでござろう」

「！……」

「これぞ謀反の証。もはや、言い逃れはできますまい」

「これも松井が集めたものであろう」

駿之介が割って入ろうとすると、阿部は「いい加減にしろ！」と怒声を張り上げた。すると、宣紀公が一歩、踏み出して、

「なるほど……松井がしていたのは、抜け荷であったか。八代は海に面しておるゆえな、余の目を盗んで、かようなものを集め、来るべきのときのために、密かに持ち込んでいたのか」

「何を今更……」

「これも、花畑屋敷に入り浸っていた余が悪いのだな……ですが、阿部様。あなたが、どう言い繕おうと、松井とあなたが結託していた事実は明白。それこそ、この場に、かような物があると知っていたのが証拠でござる」

宣紀公は毅然とした態度で詰め寄った。

「単身、城に入ってきた勇気は認めますが、どうやら墓穴を掘ったようですな」

「あくまでも逆らうか……せっかく、おぬしひとりの腹切りで済ませようと情けをかけてやったのに」

「強がりも大概になされよ」

「それは、こっちの科白《せりふ》だ。ええい。乱心者じゃ、者共、この宣紀公は〝押込〟された立場でありながら、幕府の使者である老中の儂に刃向かうつもりだ。構わぬ、逆らえば、殺してしまえ！」

と阿部は命令した。

熊本城内である。阿部の家臣がいるはずもなかろうに、どうしたことだと駿之介が思った次の瞬間——ドドッと雪崩《なだ》れ込んで来たのは、甲冑姿の飯田覚兵衛らだった。

「おい。どういうことだ！」

駿之介が詰め寄ろうとすると、飯田は問答無用に槍を突きつけてきた。さらに大天守の上階の間や小天守からも、飯田の家来たちが一斉に駆けつけてきた。

「飯田！　おまえも裏切り者だったか！」

宣紀公は覚兵衛を見て、なんとも言えぬ悲しみを帯びた顔になった。

「我ら加藤十六将の子孫たちは、決して優遇されなかった。いや、むしろ冷や飯を食わされた。〝十六夜会〟などと称して茶を濁していたが、それで喜んでいる奴らはバカだ」

「――飯田……」

「だが、俺は違う……家老の松井とは実は通じておってな、最後の最後は、混乱の中で、殿……あなたを謀反人として殺すはずだった。その後、阿部様が城に入ってきて、事態を収拾するふりをして、肥後を分断するつもりだった」

「なんと……」

「しかし、そこな駿之介が思いがけず、松井を仕留めてしまった。これで話は振り出しだ……いずれにせよ、あなたには、ここで死んで貰う。私は、阿部様に従う。飯田櫓を守って喜んでいる器ではない。この城をそっくりいただく。よろしいな」

醜く歪んだ飯田の顔を、駿之介は睨みつけていた。宣紀公は青ざめていたが、駿之介は冷静であった。

「ふはは。どうやら、手も足も出ぬようだな。すでに当藩の者たちは、儂の味方だ」

「違う。裏切り者は飯田だけだ。おまえたちこそ、覚悟をしろ」

宣紀公は必死に言ったが、阿部は不気味な笑みを浮かべるだけだった。

「強がりはよせ」

「おのれ！」

御鉄砲之御間に踏み込もうとする宣紀公の腕を思わず摑んで、入側縁《いりかわえん》の方へ引き下がらせた。

その前に、阿部が立ちはだかり、飯田の手下たちは鉄砲を構えて、駿之介や宣紀公に銃口を向けた。

万事休す――。

「撃てッ」

阿部の合図で、家来たちは鉄砲を撃った。

だが、その寸前、駿之介は傍らの柱にあった小さな杭《くい》を引き抜いた。

すると突然、御鉄砲之御間の床が瓦解して、その場にいた阿部と飯田、家来たちが一斉に下に落下した。鉄砲の弾はあさっての方へ飛んでいった。

「うわッ。うわああ！」

阿部たちが落ちたのは、地下蔵になっている所だ。打ち所が悪くて死んだ者もいるかもしれぬ。床や壁などが崩れて、地下蔵で喘ぐ者たちの上に、次々と落ちていき、土埃《つちぼこり》が舞い上がった。

地獄で喘いでいる飯田を入側縁から見下ろして、駿之介は声をかけた。

「案内してくれたときに、この床が落ちることに気付いていたのだ。万が一、敵が大天守まで押し入って来たときに、落とす仕掛けがあることをな。大天守から小天守に逃げるときにも、同じような仕掛けがあったが、あれで思い当たったのだ」

飯田は憎々しく見上げている。

「いい奴だと思っていたのだがな、残念だ……しかし、このカラクリはいい。江戸城でも天守を再建したら、使わせて貰うとする、ははは。いや、実に愉快、愉快！」

駿之介は子供のように小躍りして、敵をやりこめたことを喜んでいた。

その傍らで、宣紀公は肝を冷やして座り込んでいたが、重臣たちが家来に命じて、地下蔵へ一斉に突入して、本当の謀反人一党を捕らえ始めていた。騒乱はしばらく続いていたが、

「いや、本当にこれはよい仕掛けだ。天守の上まで来ることができないのだからな。もしかして、各階すべて抜けるようになっているのかなあ」

と脳天気に駿之介は、階上に向かって駆け上っていくのであった。

そして、六階の御上段に登り詰めると、廻縁《まわりえん》に出て、手をかざしながら、絶景を楽しむのであった。

一月ほどして――。

江戸に帰った駿之介は、熊本城の情景や造りなどを、吉宗に詳細に報告した。絵図面や風景画なども添えて、大天守、小天守をはじめ数々の櫓や仕掛け、武者返しの石垣や濠《ほり》などについても、自分の意見を添えながら述べた。

吉宗は充分に満足そうではあったが、再建するのは天守のみであるから、カラクリ仕掛けよりも、決して壊れない堅牢なものを求めているようだった。

不思議と熊本での九州独立国騒動については、吉宗の耳に入っていないのか、何も触れなかった。九州独立の話は悪くないと、駿之介は思っていたが、それも言いそびれた。

ただ、阿部長門守については、かねてよりの病が悪化して、隠居したことになっていた。隠居の段ではないであろう。その程度の罰で済ませるのかと、駿之介は文句を言いたかったが、陪席にいた大岡越前は顰《しか》め面で、

――何も言うな。

とばかりに首を振っていた。

たしかに何事もなかったことにするのが、自分の使命のひとつではあるが、釈然としなかった。だが、自分も旗本のひとりに過ぎない。余計なことを言って逆鱗に触れ

て、御家断絶になると、上様よりも母上が怖いので黙っていた。

「ついては、一色……おまえの母方の先祖は藤堂高虎だというから、次はそうよのう、まずは伊予の今治城にでも行ってみるか」

「伊予、ですか……」

「あの城は、伊勢《いせ》国・津の城もそうだが、藤堂高虎らしい名城だ。しかも、母上の実家もあると言うておったではないか」

「ええ、まあ……」

あまり気乗りのしない駿之介に、吉宗は真剣な顔で、

「伊予には紀州ゆかりの西条藩もある。何より松山城は、奇妙な形の山の上に立つ、特殊な城と聞いておる。その天守をぜひに調べてきて貰いたい」

と命じた。

江戸生まれで江戸育ちの駿之介としては、西国には馴染みがないから、楽しいのは確かだが、また海を渡るのが少しばかり憂鬱であった。なぜなら、駿之介は金槌《かなづち》で、泳げないからである。

「何を贅沢《ぜいたく》なことを言っているのですか。お役目があることは、幸せですよ」

母親の芳枝は喜んでいるが、駿之介としては気が重かった。

「お役目は結構ですがね、またぞろ大事件に巻き込まれたら身が持ちませんよ」

「あら、そうなの……あなたは正義感が強いから、ちゃっちゃと片付けて涼しい顔をしているのかと思った」

「死にかかったんですよ。もう少し労《いたわ》ってくれませぬかね」

「ええ、ええ。労るのなら、私ではなくて、結実さんにしていただきましょう」

「それならば嬉しい。望むところです。実は、旅先でも結実殿の顔が忘れられず、やきもきしておりました」

「誰か他の殿方に奪われないかと？」

「そこまで言わせないで下さい。母上も底意地が悪いですな」

「安心なさい。今すぐ、まみえますぞ」

芳枝が言った途端、結実が奥座敷から楚々《そそ》と出てきて、駿之介の前に来て、おもむろに三つ指をついた。

「――い、いたのですか……もしかして、俺が言ったこと、聞かれてたのですか」

思わず駿之介が頰を赤らめると、芳枝の方が答えた。

「あなたが熊本に発ってから後も、ずっと我が家におりますことよ。許嫁《いいなずけ》ですからねえ」

「そ、それは嬉しいけれど……」

「嬉しいけれど、なんです？　あなた男のくせに、何をもじもじと」

「いや、私は……」

「嫁にするとハッキリ言いましたよね。武士に二言はないと」

「はい、たしかに……でも、かような美しい結実が、いや結実殿が、俺如きの嫁になんて……まことですか……」

「大岡様には仲人まで引き受けて貰ったのですよ。実家の織部様も大喜びで、ほんに良き縁だと親戚一同はもとより、役所の皆様にも披露して下さってます」

「夢ではないでしょうな……」

駿之介は自分の頬をつねってみた。

「どうやら、現実のようですな。ああ、よかった」

「だから、伊予に行く前に祝言を挙げておけばどうかなと思ってたのですが……」

芳枝が話している途中だが、駿之介は気もそぞろに立ち上がり、

「あ、あの……結実さん……誤解しないで欲しいが、俺はあなたに一目惚れした……だが、俺の知らないところでトントン拍子にってのは、その……あなたにとって、本当によろしいのですか……あなたは納得しているのですか」

「私は覚悟を決めております。駿之介様とならば、地獄の底まで参ります」

「いやいや、地獄じゃ困る……どうせなら、極楽に行こうではないか……あなたを極楽に連れて行きたいものだ」

「極楽でも地獄でもお供いたします」

決然と結実が言ったとき、ドタドタと廊下を走る足音と同時に、金作が「一大事だ、一大事だ！」と叫びながら走ってきた。

「若殿。至急、旅支度をして鉄砲洲まで来て欲しいとのことです」

「なんで」

「なんでって、伊予に参るのですよ。上様からご指示があったでしょうが。丁度、紀州藩の船が上方《かみがた》に出るから、それに便乗しろとのお達しです」

「いや。俺はまだ帰って来たばかりだし……何より、まずは結実殿と祝言を挙げてからでないと心配で心配で……」

「何を言ってるのですか、若殿。熊本でも随分と、楽しんだではありませぬか」

「こら、ありもしないことを言うなッ」

首を横に振る駿之介を、結実はチラリと睨み、

「——おや。やはり殿方というのは……」

「違う、違う。つまらん嘘を言うでない、金作！」

戸惑う駿之介の前に座った芳枝は、毅然と言った。

「男の言い訳はみっともないですぞ。家は、私と結実さんで守りますから、あなたは上様の命令に直ちに従いなさい」

「ええ……またお預けですか……」

「なんですか、その言い草は。男子たるもの毅然となさいませ。さあさあ、さあさあ！」

駿之介がいつでも旅立てるようにと、結実も準備をしていたという。

「どうか、道中、ご無事で……」

あっさりと送り出された駿之介は、まったく釈然としなかった。

後ろ髪引かれる思いで、大名小路を歩いているうちに、江戸の夕映えが広がっていた。遠くに富士山が見える。改めて、江戸は美しい所だなと思った。だが、熊本の城下に比べて何かが足りない。

——やはり江戸城には、でっかい天守がなきゃな。こうなれば、どうしても再建しなければなるまい。

真っ赤に染まる町並みを眺めながら、駿之介は思わず駆け出した。

その背後から「駿之介様あ」と結実の声が聞こえた……気がした。

振り返ったが、結実の姿はなく、小さな子供を追いかけている母親の声だった。

「なんだよ……心残りだなあ……」

呟く駿之介の背中を、金作が押した。

「さあさ、急いで下さいよ」

仕方なく、駿之介は足を速めた。一目散に夕陽《ゆうひ》に向かって駆け出した。ひたすら、まっすぐに走っているうちに、しだいに体が飛んでいるかのように軽くなっていった。

茜《あかね》色の空に飛んでいきそうだった。

小学館文庫
好評既刊

かぎ縄おりん

金子成人

ISBN978-4-09-407033-0

日本橋堀留『駕籠清』の娘おりんは、婿をとり店を継ぐよう祖母お粂にせっつかれている。だが目明かしに憧れるおりんにその気はなく揉め事に真っ先に駆けつける始末だ。ある日起きた立て籠り事件。父で目明かしの嘉平治たちに隠れ、賊が潜む蔵に迫ったおりんは得意のかぎ縄で男を捕らえた。しかし嘉平治は娘の勝手な行動に激怒。思わずおりんは本心を白状する。かつて嘉平治は何者かに襲われ、今も足に古傷を抱える。悔しがる父を見て自分も捕物に携わり敵を見つけると決意したのだ。おりんは念願の十手持ちになれるのか。時代劇の名手が贈る痛快捕物帳、開幕！

小学館文庫
好評既刊

浄瑠璃長屋春秋記
照り柿

藤原緋沙子

ISBN978-4-09-406744-6

三年前に失踪した妻・志野を探すため、弟の万之助に家督を譲り、陸奥国平山藩から江戸へ出てきた青柳新八郎。今では浪人となって、独りで住む裏店に『よろず相談承り』の看板をさげ、見過ぎ世過ぎをしている。今日も米櫃《こめびつ》の底に残るわずかな米を見て、溜め息を吐いていると、ガマの油売り・八雲多聞がやって来た。地回りに難癖をつけられていたところを救ってもらった縁で、評判の巫女占い師・おれんの用心棒仕事を紹介するという。なんでも、占いに欠かせぬ亀を盗まれたうえ、脅しの文まで投げ入れられたらしい。悲喜こもごもの人間模様が織りなす、珠玉の第一弾。

本書のプロフィール

本書は、小学館文庫のために書き下ろされた作品です。

小学館文庫

城下町奉行日記《じょうかまちぶぎょうにっき》
熊本城《くまもとじょう》の罠《わな》

著者 井川香四郎《いかわこうしろう》

二〇二二年一月十二日 初版第一刷発行

発行人 石川和男
発行所 株式会社 小学館
〒一〇一-八〇〇一
東京都千代田区一ツ橋二-三-一
電話 編集〇三-三二三〇-五九五九
販売〇三-五二八一-三五五五
印刷所 ――― 中央精版印刷株式会社

この文庫の詳しい内容はインターネットで24時間ご覧になれます。
小学館公式ホームページ https://www.shogakukan.co.jp

ISBN978-4-09-407112-2